Omslag: Ann Cederlund.B

Förlag: BoD - Books on Demand, Stockholm, Sverige

Tryck: BoD – Books on Demand, Norderstedt, Tyskland

ISBN: 978-91-8027-822-5

JULMYS

I väntan på julen

Adventsstjärnan

Av Weström/Eriksson

Gertrud gick en extra runda i lägenheten för att se att allt var som det skulle innan hon fortsatte till skolan. Mamma hade som vanligt slocknat i den gamla slitna fåtöljen efter att i gårkväll ha druckit en flaska vin. Gertrud fick kväljningar. Stanken av gammal fylla var hemsk.

Varför hade inte pappa kommit hem? Han lovade komma i tid inför födseln. Pappa ingav ingen större trygghet, men när han hade varit på sjön en månad brukade det åtminstone innebära lite pengar.

Gertrud suckade tung, plockade upp flaskan från golvet och bar ut den till köket. Så tröttsamt att hon som trettonåring skulle behöva ta hand om sju syskon och till råga på allt även mamma.

Verkligen orättvist. Varför hade vissa överflöd och en del inget alls? Viss om att mamma sov lämnade Gertrud lägenheten och låste noggrant efter sig.

…

Tvillingarna Anders och Rosita var på väg hem från skolan. De hade fått sluta tidigare eftersom skolans värmesystem gått sönder. Lyckligtvis hade skolbespisningen lyckats värma maten. Så efter att ha ätit varm hönsgryta i en iskall matsal kunde de lämna skolan mätta och belåtna.

"Dörren är låst?" sa Anders förvånat och ryckte på nytt i handtaget.

Rosita öppnade brevinkastet och kikade in.

"Mamma!" Hon la örat mot öppningen och lyssnade.

"Hör du något?" viskade Anders oroligt.

Rosita nickade. "Jag hör henne snarka."

"Är du säker att det är hon?"

"Självklart! Vem skulle det annars vara? Mamma!"

"Typiskt!", sa Anders buttert och tog några steg nerför trappan. "Vi får väl gå ut på gården en stund."

Rosita huttrade till, "Usch! Och jag som fryser så hemskt om mina fötter. De är som isbitar."

Anders såg skuldmedvetet på sina varmfodrade skor. Det dåliga samvetet gnagde men det var pappas fel.

Pengarna från Frälsningsarmén hade gott och väl räckt till tre par billiga vinterskor om man valde att köpa dem hos Pettssons *Begagnade skor*. Men pappa hade valt att köpa ett par finare skor från marknaden på Stora Torget, till Anders. Mamma hade blivit rasande men snabbt lugnat sig när han ställt fram en flaska vin på bordet.

Anders såg på Rosita och förstod att hon tänkte på samma sak. Snabbt plockade de ihop sina saker och skyndade nerför trapporna.

Anders knuffade upp den tunga källardörren och trevade efter strömbrytaren. Det var absolut inget farligt ställe att gå in på, bara en gång med förråd. Men något med stället fick alltid hjärtat att slå lite fortare.

Av en ren händelse hade de en dag hittat det tomma förrådet. Nåja, det kanske inte var helt tomt, men det var olåst. I ena hörnet av förrådet stod en säng med en väldigt mjuk madrass. Då hade de bestämt sig för att det skulle bli deras hemliga ställe.

Rosita skrapade ihop grus och damm med foten och placerade det i ett hörn. "Usch! Så mycket spindelväv. Vi skulle behöva en kvast."

"Äsch! Det gör inget. Jag är inte rädd för spindlar"; sa Anders morskt och satte sig på sängen.

"Visst kan vi väl få vara här? Ingen behöver få veta något. Men jag vill ha det rent", muttrade Rosita och slog sig ner bredvid Anders.

"Det är i alla fall varmt här. Då slipper du frysa om fötterna."

Ljuset i taket slocknade och det blev kolsvart.

"Hjälp!" Nervöst grep han tag i Rositas arm. Var det något han var rädd för så var det mörker. "Snälla kan du inte gå och tända?"

"Gå själv", fnyste hon irriterat.

"Snälla!" bönade Anders. "Jag vågar inte."

Rosita reste sig trevande från sängen. "Jaja … jag går väl då."

"Skynda dig."

"Skynda mig? Jag ser ju inget för tusan!"

Anders lyssnade till hennes fotsteg som försvann allt längre bort i gången.

Ljuset slogs på och han drog en suck av lättnad.

Han log generat mot Rosita när hon återvände till förrådet. "Så dumt att lampan slocknar så fort. Så kan vi inte ha det. Jag vet att det finns en ficklampa hemma."

Rosita nickade. "Det är lika bra att vi går hem. De andra har nog kommit nu."

Gertrud tömde det sista av havren i en kastrull och fyllde på vatten. Mamma blängde trött på ungarna som bänkat sig runt köksbordet.

"Är det inte färdigt snart? Du förstår väl att jag måste äta för två. Är jag hungrig så är naturligtvis den lille det också."

Gertrud kunde inte undgå att se Rositas sorgsna blick. Mamma klädd i morgonrock klockan fyra på eftermiddagen. Hennes mage var enorm och hon såg ut att kunna föda vilket ögonblick som helst. Mamma såg surt på Rosita. "Bläng du! En dag sitter du så här själv. Hjälp Gertrud istället så det blir mat någon gång.

Rosita reste sig, hämtade tallrikar från skåpet och ställde det mitt på bordet. Att försöka placera ut tallrikarna var ingen idé, det fanns inte plats för alla.

I tur och ordning slevade Gertrud upp gröt på tallrikarna så ingen skulle bli utan. Mamma blängde och muttrade något ohörbart, men tystnade när Gertrud gav henne en extra slev med gröt.

Alla åt under tystnad.

Gertrud reste sig från bordet och fyllde kastrullen med vatten. "Kan någon annan ta hand om disken? Jag har så mycket läxor." Hon vände sig om för att upptäcka att alla utom mamma lämnat bordet.

Mamma ryckte på axlarna. "Tyvärr! Magen tynger så fruktansvärt. Det är nog bäst att jag går och vilar."

Maktlös såg Gertrud ner i diskhon medan vattnet sakta dränkte tallrikarna. Varför föll allt på henne? Gårdagens disk bestående av kantstötta tallrikar och glas stod också kvar och fyllde diskbänken. Mamma hade lovat att ta hand om den men som vanligt hade inget blivit gjort.

...

"Har du ficklampan med dig?" viskade Rosita och stängde dörren till lägenheten.

Anders nickade nöjt. "Ja och den fungerar."

Det hade blivit mörkt. Tunga moln låg som ett lock över stan. De såg sig omkring innan de styrde stegen

15

mot förrådet. Ingen fick veta att de var där. Det prasslade av vissna löv under deras fötter när de gick nerför trappan.

De öppnade den tunga dörren och lyssnade spänt. Allt var tyst.

"Jag tycker att vi sparar på batteriet", sa Anders och tände lampan i taket.

De skyndade in i det tomma förrådet och kastade sig raklånga på sängen.

Rosita bankade på madrassen. "Den är riktigt mjuk och skön. Jag skulle kunna tänka mig att bo här, bara vi kunde få det lite mera i ordning."

"Jag med", sa Anders och suckade. "Jag vill inte vara hemma. Men tror du verkligen att vi kan flytta?"

Rosita ryckte på axlarna. "Mamma skulle säkert bli glad över att slippa oss. Hon orkar ju ingenting. Men det blir nog bättre när ungen har kommit ut."

"Tror du? Jag vill att pappa ska komma hem."

Rosita mötte hans blick och himlade med ögonen. "När ungen är född och pappa kommer hem blir det ännu mera trångt. I morgon ska du och jag gå hem till mormor. Hon vill att vi hjälper till att städa."

"Det har inte jag hört något om" sa Anders argt.

"Nej, men mamma sa det till mig."

Anders slog näven i väggen. Var tvungen att avreagera sig mot något. "Varför är det alltid vi som måste göra allt skitjobb?"

"Du vet varför. De andra är för små och Gertrud måste passa småungarna."

"Kan vi inte bara låtsas glömma bort det?"

"Ha! Det kan du ju tro det. Mormor ska bjuda hela familjen på kålgryta när allt är klart. Hur skulle det se ut om familjen blev utan mat?" sa Rosita beskt.

Han sparkade på en tom trälåda så den for in i väggen med en smäll. "Fan!"

"Jag hatar det lika mycket som du. Vi kan väl hoppas på att få slippa skittunnan."

"Varför kan hon inte skaffa en vattentoalett som alla andra?"

"Rädd för översvämning. Det är ingen idé att du tjafsar Anders."

"Men det har aldrig varit översvämning hemma hos oss?"

"Jag vet! Men hon säger alltid samma sak, vänta bara! Då åker ni på dyra utgifter."

Ficklampan flackade oroväckande och Anders skruvade oroligt på sig. "Det är kanske lika bra att vi går hem."

"Är du rädd?"

"Nja ... litegrann", sa han med darrig röst.

"Vi går hem. Det går ändå inte att sova här. Vi måste få hit fler saker."

"Ja!" sa Anders och skyndade mot dörren.

Rosita såg dyster på honom. "Nej! Vi ska ju städa i morgon."

18

Lördag morgon. I lägenheten på Bogegatan var det redan full fart. Runt skärbrädan stod en hungrig samling och väntade med Gertrud rättvist skar upp den några dagar gamla limpan. Det sista av stekmargarinet hade skrapats av från folien och lagts i en kladdig hög på en assiett.

"Tänk nu på att det ska räcka till alla. Rosita kan du hjälpa småttingarna att breda på smör? Stopp! Du får allt vänta", protesterade Gertrud och höll nästminstingens hand från limpskivorna.

"Gertrud! Är inte kaffet färdigt snart?" ropade mamma från sovrummet.

"Nej! Jag har inte hunnit än", sa Gertrud med behärskat lugn.

"Jag behöver kaffe innan jag stiger upp. Det ordnar du väl?"

"Du får vänta tills ungarna har fått frukost."

"Jaja ... bara det går snabbt så. Anders och Rosita! Ni vet vad ni har att göra idag."

"Vi vet!"

"Det ska vara färdigt till tolv. Då ska maten vara klar."

…

Anders drog på sig mössan. Tänk om pappa kunde komma hem snart. Det var jobbigt som ensam kille att behöva försvara sig mot alla retliga systrar. Han var pappas favorit, det visste han. När han var hemma, bråkade de inte lika mycket med honom.

Förra gången pappa var hemma hade han fått de varmfodrade stövlarna. Minnet av hur arg Gertrud blev stack som hemska taggar i magen. Pengarna skulle egentligen ha räckt till flera par skor. Nu blev det bara Anders som fick. Ända sen dess hade han en otäck känsla av att Gertrud inte tyckte att han förtjänande lika mycket mat som de andra. Så glädjen över de fina stövlarna hade snabbt gått över, nuförtiden hade han alltid dåligt samvete när syskonen frös om fötterna.

Anders och Rosita hade med gemensamma krafter lyckats lyfta ut det stinkande kärlet från dasset. Den fräna lukten av kiss och bajs gjorde honom illamående. Men utan att kräkas hade de fått på locket och placerat tunnan utanför grinden. Fy tusan! Stackars dem som skulle ta vara på det sen. Gud vilket äckligt jobb.

Nu väntade badtunnan i bryggarhuset. De tog av sig kläderna de fått låna och klev ner i det varma vattnet. De turades om att gnida händerna på tvålen och smorde in sig från topp till tå.

"Det här är absolut det bästa med alltihop. Jag älskar att bada i den här tunnan", utbrast Rosita och doppade huvudet under vattenytan.

"Jag tycker också det är skönt, men jag hatar den där jäkla skittunnan."

Rosita knackade på badtunnans kant. "Vet du om att mamma brukade bada i den här när hon var liten."

"Är tunnan så gammal? Skitgammal", sa han och skrattade.

Rosita nickade och räckte honom tvål och borste.

"Din tur att skrubba min rygg."

...

Lättade efter dagens slit gick de med rosiga kinder in i mormors kök. Det luktade mat och Anders mage kurrade högt.

"Nu har ni varit duktiga!" sa mamma och såg förväntansfullt på den stora grytan med mat.

"Här får ni två kronor var för jobbet ni gjort", sa mormor och la var sin hög med mynt på bordet.

Mamma la snabbt handen över pengarna och drog dem till sig. "Det är lika bra att jag tar hand om dem. Annars går allt åt till glass och snask."

Mormor såg bistert på mamma och skakade på huvudet. "Jag tycker att barnen är värda sina pengar. De har minsann jobbat."

Mamma vägde pengarna i handen. "Nåja ... ni får väl ha en liten del var", sa hon och räckte dem var sitt mynt.

"Men vi då?" protesterade syskonen.

"Varför ska ni ha några pengar? Ni har inte jobbat", sa mamma kort och la ner mynten i sin börs.

"Har hon gjort det då", viskade Rosita upprört till Anders.

"Nu äter vi medan det ännu är varmt", sa mormor och rörde ett varv med sleven i grytan.

…

Rosita gav hon en menande blick och han nickade till svar.

"Vi ska bara gå förbi lekplatsen en liten stund."

"Gertrud såg tveksamt på dem. "Ni vet att det är skola i morgon. Det får inte bli sent."

"Just det!" inflikade mamma bestämt.

"Vi ska inte bli sena. Lovar!" sa Anders och skyndade på stegen.

De stannade till för säkerhets skull bakom ett buskage och väntade till familjen var utom synhåll.

"Nu har de försvunnit. Skynda dig!" sa Anders och började springa.

"Vänta … jag kan inte springa så fort. Jag får håll." Han saktade in och väntade in sin syster.

"Nej! Typiskt! Det är låst." sa Rosita besviket.

Anders greppade handtaget och drog med all sin kraft och dörren for upp. "Den hade nog frusit fast."

"Vilken tur att vi fick behålla en del av pengarna. I morgon ska jag köpa batteri."

"Jag med!" inflikade Anders.

De skyndade fram till det tomma förrådet och drog undan träskivan de placerat framför öppningen.

"Förbaskat! Där försvann lyset igen", sa Anders nervöst och letade efter ficklampan i fickan.

En dörr öppnades någonstans i källargången och en kall vindpust letade sig in.

Det här hade de inte räknat med. Vem kunde det vara? Lampan tändes på nytt. Hjärtat slog likt hårda hammarslag och Anders blev tvungen att hålla andan för att inte flämta högt. Han kilade in sin arm under Rositas och tryckte sig förskrämt intill henne.

"Tyst", viskade hon och gav honom en lugnande blick.

Tunga släpande steg närmade sig. Helt plötsligt tystnade det och en dörr öppnades.

Försiktigt kikade Rosita över träskivan. "Någon gick in i tvättstugan", viskade hon lugnande.

En rosslande hostattack fick dem båda att hoppa högt.

"Jag vill gå hem", viskade Anders ängsligt.

"Vänta", viskade hon avfärdande tillbaka.

Anders såg spänt på systern. Varför hade hon fått allt mod och han inget? Försiktigt kikade han över brädan.

En iskall kåre löpte längs ryggraden när han såg mannens ryggtavla. Rocken var lång och sliten. En slokhatt dolde delvis ett vitt yvigt hår. Instinkten var att fly. Om de sprang snabbt förbi, skulle han inte hinna se dem. Han ryckte i Rositas jackärm, men hon ignorerade honom totalt.

Mannen fortsatte vidare in i tvättstugan och började plocka ner kläder från tvättlinan. Han drog med foten till sig en korg vilken han droppade ner kläderna i.

"Se ... han snor damkläder?" viskade Rosita förfärat.

Lampan slocknade.

"Helvete! Förbannade lampa!" svor mannen. De släpande stegen närmade sig sakta strömbrytaren vid ingången.

Anders mådde illa. Mannen verkade väldigt läskig.

Rosita trevade efter Anders hand och tysta som möss gick de mot dörren.

Lampans obarmhärtiga sken träffade dem och Anders undslapp ett skrik av förskräckelse.

För en sekund stod de där. Mannen med det yviga skägget synade dem förvånat uppifrån och ner.

Hjärtat bultade vilt och han kramade hårt Rositas hand. Mannens ögon blänkte till i skenet. De gav varandra en blick i samförstånd och rusade i panik mot källardörren.

"Den går inte att öppna", sa Rosita och tryckte på med hela sin tyngd.

"Hallå där! Stanna!" ropade mannen.

Anders hörde hans flåsande andetag och tog i med all sin kraft. Tillsammans ramlade de ut genom dörren.

Snubblande och snyftande rusade de uppför trappan. I ögonvrån skymtade han mannens förvånade blick genom det lilla sidofönstret.

"Men vad är det som händer? Varför skriker ni?" hördes en vänlig röst. Utan att han visste ordet av, befann han sig i en mjuk famn.

"Släpp mig!" skrek han hysteriskt.

"Javisst!" sa den vänliga rösten och släppte honom. "Men varför skriker ni?"

Anders backade några steg från den enorma barmen och mötte ett par snälla ögon.

Rosita svalde och såg oroligt ner mot källardörren.

"Vi frös så hemskt och vi visste att det fanns ett tomt förråd där nere."

Anders såg missnöjt på Rosita. Varför avslöjade hon deras hemlighet?

Kvinnan nickade fundersamt. "Så ni var frusna och gick in i källaren? Varför gick ni inte hem? Era föräldrar måste ju undra var ni är?"

Rosita fnös och sparkade iväg en sten. "Mamma är bara glad över att vi inte är hemma. Det är så trångt", sa Rosita uppgivet.

"Jaså ... men varför skrek ni?"

"Det var en otäck gubbe i källaren. Han skrämde oss", sa Rosita och ignorerade Anders missnöjda min.

"En gubbe? Vad gjorde han då?"

"Han bara stod där och glodde på oss! Sen plockade han damkläder från linan", sa Anders och fnyste.

"Men vad säger du? Det är ju mina kläder som hänger där nere", sa kvinnan och skyndade nerför trappan.

"Gå inte ner! Han kan ju vara farlig", sa Rosita beklämt.

"Det är sant! Ni kan väl stå här vid dörren och hålla vakt medan jag går in?" Kvinnan öppnade och ropade med bestämd röst. "Hallå! Vem du nu än är? Kom fram med dig."

Anders kunde inte tro sina öron. Vilken gumma, så modig. Hon tände takbelysningen och hela källaren badade i ljus.

Med bestämda steg gick hon in i tvättstugan. "Jaha! Och här ligger mina kläder i en korg? Kom fram! Det är ingen idé att du gömmer dig."

Det prasslade till längst inne i förrådet och mannen med skägget kom fram.

"Nej men ... är det du? När kom du tillbaka?"

"Hej på dig Maja." Han trutade med munnen och gjorde en verkningslös gest av att försöka släta till det yviga skägget.

Maja vände sig mot barnen och log. "Låt mig presentera min vän Gunnar."

Gunnar såg på dem med vänlig vattnig blick. "Har ni också tänkt flytta in här?"

"Ja ... jo ... nej! Aldrig i livet!" stammade Anders fram.

Rosita såg förvånat på Anders. "Men visst ... skulle vi inte ...?"

"Nej ... jag tror att jag har ångrat mig."

"Så bra!" sa kvinnan och nickade nöjt. "Barn ska inte bo ensamma i förråd. Nu går vi upp till mig en stund. Jag heter Maja, vad heter ni?"

"Jag heter Rosita och det här är min tvillingbror Anders."

"Slå er ner vid bordet", sa Maja och pekade på kökssoffan i köket.

De ställde av sig skorna och ställde dem prydligt på skohyllan i hallen.

"Så fint du har det!" utbrast Rosita spontant.

"Tack! Jag älskar att pynta inför första advent. Helt klart den mysigaste tiden på hela året."

"Tycker du?" sa Anders förvånat.

"Håller ni inte med om det? Gör ni inte fint hemma inför jul?"

Rosita suckade. "Nja ... inte direkt. Det är så trångt där hemma och snart blir vi en till."

"Mina barn har sedan länge flugit ut. Jag hade önskat ha dem här oftare, men de bor på fastlandet och kommer bara hem någon gång om året."

"Så då har du en hel lägenhet för dig själv? Vi ligger på madrasser på golvet. Pappa säger att det inte finns plats för så många sängar", sa Rosita och ryckte på axlarna.

Majas glada ögon blev helt plötsligt sorgsna medan munnen log ett stelt leende. "Får jag bjuda på lite Oboy med jordgubbsmak?"

De nickade ivrigt. Oboy med jordgubbssmak? Det hade de aldrig smakat tidigare.

Tant Maja rynkade pannan och såg allvarsamt på dem. "Jag kom att tänka på en sak. Vi borde kanske inte berätta för någon om mannen i källaren." Hon ställde fram två muggar med rykande choklad på bordet. "Varsågoda!"

Rosita läppjade på den varma drycken och gav ifrån sig ett stön. "Ska det vara vår hemlighet? Åh! Så gott det var."

Maja brast ut i ett leende. "Ja, just det! Gunnar är en vän till mig. Han är jättesnäll även om han ser farlig ut. Men han har inte haft det så lätt. Så det är bra om vi kan bevara det som en hemlighet."

Anders såg blygt på Maja. Hon såg så snäll ut med sina runda kinder och vita lockar. De nickade instämmande. Klockan blev sju och de bestämde sig för att gå hem. Hemma, sprang de uppför trappan och stannade till utanför dörren. Inte ett ljud hördes inifrån lägenheten.

De öppnade och möttes av Gertrud i dörröppningen.

"Mamma är nere på förlossningen", sa Gertrud och log vagt. "Pappa har kommit hem och det var i rättanstund."

"Har pappa kommit hem!" utbrast Anders och sken upp.

"Ja, men han är med mamma."

En lyckokänsla spred sig inom honom. Pappa hade kommit hem. Äntligen!

Gertrud sträckte sig efter några kläder på tvättlinan i badrummet och ryckte dem åt sig. Snabbt vek hon ihop kläderna och stoppade dem i en väska. "Nu ska vi gå hem till mormor. Vi ska bo hos henne under tiden."

"Bo hos mormor? Varför?" Anders suckade tungt.

Gertrud såg beklagande på honom och ryckte på axlarna. "Men nu är det så. Inget att göra något åt och det är ju bara tillfälligt." Gertrud höll fram handen och la en hög mynt i deras händer. "Här har ni era pengar.

Mamma lämnade dem till mig, så vi skulle ha att ta till i nöd."

Rosita såg på högen med mynt och räckte dem till Gertrud. "Här! Ta dem. Du är ändå vår mamma när hon inte är här."

Anders tvekade. Han hade faktiskt slitit för pengarna. Rosita såg förebrående på honom. "Jag ... ja ta mina också", sa han uppgivet och räckte Gertrud mynten.

Gertrud strök honom över kinden och log. "Så fint av er. Det är bra. Gemensamt ska vi klara det här." Hon tog fram börsen igen och la tillbaka mynten. "Vi skulle mycket väl kunna klara oss själva men mamma sa att de sociala myndigheterna hade ögonen på oss och inte vill vi väl att de ska hämta oss?"

"Komma och hämta oss?" flämtade Rosita.

Gertrud nickade uppgivet. "Vi måste hålla ihop. Hålla skenet uppe. Så vi har inget annat val för tillfället."

De hjälptes åt att samla ihop de nödvändigaste sakerna och lämnade hemmet.

December bjöd på regn och rusk. På vindsvåningen hos mormor var det fruktansvärt kallt. Med stelfrusna fingrar drog Gertrud stickan mot plånet och förde den flämtande lågan mot tändveden i kakelugnen. Det frasade till och en ljuvlig värme spred sig mot henne. Hon fyllde på med några bitar och väntade. Med blicken vilande på de slickande lågorna, beslöt hon sig för att låta de andra sova en liten stund till.

Försiktigt la hon handen på Rositas axel och ruskade den lätt. "Vad? Är du redan uppe?"

Gertrud nickade och knäppte knapparna i sin kofta. "Vi ska gå hem och hälsa på pappa. Han är hemma i lägenheten?"

Anders rufsiga huvud stack fram under filten. "Är pappa hemma?" Han satte sig käpprakt upp för att snabbt krypa in under filten igen. "Fy så kallt det är."

"Det blir snart varmt. Jag har gjort eld i kakelugnen. Men ni kan gärna stiga upp, så vi kan gå hem så fort som möjligt."

Ljudet av slag mot en kopparbunke ekade genom huset.

"Det är lika bra att ni skyndar er. Mormor kallar till frukost", sa Gertrud och hjälpte minstingen på med tröjan.

Efter att ha ätit upp gröten och äppelmoset, diskade de undan och gjorde sig redo att gå hem.

…

Glädjen stod högt i tak när barnen klev in i lägenheten på Bogegatan och såg pappa. Alla samlades runt honom medan de pratade i mun på varandra.

Pappa klappade i händerna. "Nu är det faktiskt min tur!" avbröt han och log brett. "Vill ni inte veta om ni har fått en syster eller bror?"

De nickade skuldmedvetet. Inte för att Gertrud önskade ett syskon till, de var ju redan så många, men naturligtvis var den lilla välkommen till familjen.

"Det blev en pojke!" sa pappa och log glatt. "Kan ni tänka er, ni har fått en lillebror. Anders är inte ensam grabb längre."

"Vilken tur!" utbrast ett av de yngsta syskonen och höll upp benet för att visa ett stort hål på sina strumpbyxor. "Tjejkläderna börjar bli väldigt slitna.

Pappa såg pliktskyldigast på hennes ben för att sedan vända bort blicken. "Vi har bestämt att kalla honom Martin. Fint va!"

Anders kröp upp intill pappa. "Får vi flytta hem nu?"

Pappa såg beklagande på Anders och skakade på huvudet. "Det går tyvärr inte. De sociala myndigheterna tycker inte att jag kan ta hand om er själv. Ni får vänta tills mamma och bebisen har kommit hem."

"Men vi har ju Gertrud! Hon tar alltid hand om oss", protesterade Rosita.

"Det är just det ... socialen vill inte veta av att Gertrud ska behöva ta hand om er. Hon är inte er mamma", sa pappa bestämt och såg beklagande på Gertrud.

"Men hon har ju ...", inflikade Anders för att genast bli avbruten av pappa.

"Men nu är det så! Det är inte rätt mot Gertrud. Hon är också bara ett barn."

Förnärmad mötte Gertrud pappas blick. "Är jag ett barn? Jag är faktiskt tretton."

Pappa nickade. "Du är stor och duktig. Men du ska inte behöva ta ett sånt ansvar. Myndigheterna har rätt. Det är vi som har gjort fel. Jag är ledsen Gertrud."

"Men jag vill inte att de ska komma och hämta oss", sa Gertrud tyst.

"Hämta oss! Upprepade de yngre syskonen förfärat.

Pappa klappade minstingen på huvudet och log milt.

"Det vill inte jag heller. Därför är det bäst att ni bor hos mormor tills mamma kommer hem."

Syskonen såg på varandra och nickade i samförstånd.
Inget fick lov att sära på dem. "Men vi är väl hemma
tillsammans i jul?" sa Gertrud och mötte pappas blick.
"Om allt går som det ska, kommer mamma och Martin
hem om åtta eller nio dagar. Kanske till Lucia?"
Pappa vände sig om och pekade på ett rött paket på
bordet.
"Vad är det?" sa syskonen ivrigt.
"Se efter vet ja!" sa pappa och drog på munnen.
Anders lossade på tejpen och tog av papperet. "Så fina
färger! Vad är det för något?"
"En stjärna!" sa pappa stolt. Om man drar försiktigt i
den och fäster ihop ändarna, då ska det bli en vacker
adventsstjärna. Vi hänger väl upp den med en gång,
eller vad säger ni?" sa han och reste sig från stolen.
Barnen hoppade jämfota av glädje. Så fint det skulle bli
och äntligen skulle de få fira första advent som alla
andra.

Pappa lirkade och drog i pappersstjärnan för att få den runt hållaren med glödlampan.

"Var har du köpt den? Den verkar inte vara hel", sa Gertrud missnöjt.

Pappa klev ner från pallen, vek ihop stjärnan och suckade tungt. Med tårar i ögonen mötte han deras blickar. "Den låg i en soptunna."

"Var inte ledsen. Det gör inget", tröstade Anders och slog armarna om pappas midja.

"Det var då självaste fan ...", svor Gertrud uppgivet.

"Ska vi aldrig få ha någon tur?"

Gertrud kände syskonens förfärade blickar. Hon brukade aldrig bli arg. Med bestämda steg gick hon ut i köket och drog ut den ena lådan efter den andra. Lite tejp och snöre. Nu skulle stjärnan upp. Strunt samma om den blev lite vind och skev.

Nöjt återvände hon in till de andra. "Lite tejp ska nog kunna rädda den här stjärnan."

Med flinka fingrar drog hon ut den vikta stjärnan och spände den runt ståltrådshållaren medan syskonen spänt såg på.

"Håll i här!" sa hon till pappa som genast tog ett stadigt tag om ståltråden.

Med mycket tejp och lite snöre satt den äntligen på plats. Hon satte i kontakten. Det gick ett sus genom barnen när stjärnan spred sitt varma röda sken. Den må vara lite skev men … så vacker.

Pappa klev upp på pallen och hängde stjärnan varligt på plats. "Nåja … den hänger väl inte riktigt som den ska, men det är vår stjärna och den lyser riktigt fint.

De tryckte ihop sig i soffan och beundrade tysta sitt verk. Allt skulle så småningom bli bra. Det måste det bli. Något annat var otänkbart.

Gertrud visste att en dag skulle pappa återvända ut på sjön och att allt skulle bli som vanligt igen. Men det ville hon inte tänka på nu. Dessutom skulle det bli en mun till att mätta. Det visste hon alltför väl trots sina tretton år. Hon trängde undan de dystra tankarna. Syskonen måste få njuta av stunden. Av pappa och stjärnan.

…

Det är en stor skam, att ni ska behöva gå med sommarskor mitt i vintern", muttrade mormor upprört. Gertrud visste inte vad hon skulle svara. Det fanns inga pengar till stövlar.

"Jag vet att det borde finnas pengar. Hade inte er mor varit så vansinnigt lat och självisk hade det sett bättre ut. Men när hon bara ids sitta på sin stora ända och dricka vin, då kan det inte bli bättre än så."

Borde hon försvara föräldrarna? Hon visste faktiskt inte. Kanske hade mormor lite rätt ändå?

"För att inte tala om karln hon har, er far. Varför i hela friden kan han inte skaffa sig ett vettigt jobb? Jag vet minsann hur det går till på de där fartygen och även när de är iland…", sa mormor och burrade upp sig.

Gertrud hade på tungan att fråga hur hon visste det, men bestämde sig för att låta bli. Det hade nog varit dumt.

"Jaja ... nog om det. Nu måste vi skynda oss till kyrkan. Som ni vet, hjälper jag till med kaffet och att lämna er ensamma hemma är otänkbart. Så det är bara för er att följa med. Tror knappast att ni tar skada av ett par ord från gud.

Mormor gick först och banade vägen likt en andmamma för sina ungar. Den långa kappan fladdrade i vinden medan hon höll ena handen över hatten för att den inte skulle blåsa bort. Handväskan med guldknäppet guppade för varje steg och gav ifrån sig ett rytmiskt läte. Tysta följde de i hennes spår på den smala stigen. De hade aldrig varit på en gudstjänst.

Med jämna mellanrum stannade och vände hon sig om för att se att alla var med. Hon hade sannerligen inte tid för bortsprungna barn, hade hon sagt.

I kapellets kapprum luktade det blöta ytterkläder. Gertrud rynkade på näsan. Mormor såg ogillande på henne. "Vad är det för fula miner du lägger dig till med? Passa dig så vinden inte vänder. Då kan det råka till att fastna."

Gertrud kände sig plötsligt som ett litet barn. Såg hon verkligen så hemskt ut?

Mormor samlade in deras slitna jackor och hängde dem längst in mot väggen för att de skulle synas så litet som möjligt.

"Gå in på toaletten och snyt er. Var noga med att tvätta händerna innan ni går in", sa hon barskt medan hon rättade till sin hårknut. Lydigt ställde de sig på kö och gjorde som hon sa. Ett tyst mummel hördes i salen när mormor steg över tröskeln med barnen i släptåg.

"Jag ser att kaffebrödet har levererats", sa mormor och skyndade vidare ut i köket med barnen efter sig.

En äldre dam slog ihop händerna i förtjusning och log med hela ansiktet. "Så många barn! Vad trevligt."

"Men har ni inget vett i huvudet barn?" Ställ er på rad, ta i hand och hälsa", sa mormor och himlade med ögonen.

Den äldre damens leende dog tvärt. Mormor log ansträngt mot kvinnan och förklarade att det naturligtvis var menat åt de ouppfostrade barnen.

Kvinnan knyckte på nacken så hatten svajade. "Jag tror inte för ett ögonblick att de skulle vara ouppfostrade." Hon räckte fram handen till Gertrud. "Välkommen! Så roligt med alla ungdomar."

Mormor ignorerade hennes ord och plockade fram ett par silverfat från skåpet.

"Ni kan förbereda för gudstjänst. Biblar ska plockas fram och stolar ställas i ordning", sa mormor till två ynglingar som stod och suktade efter bakverken.

"Gertrud! Hämta en sopborste och städa av i farstun." Anders stod på behörigt avstånd, väl dold och såg förväntansfullt på kakburkarna. Mormor öppnade den ena efter den andra och nickade belåtet. Hon höll upp en påse bullar och räknade omsorgsfullt. Det vattnades i munnen vid åsynen av alla godsaker.

Mormor pratade tyst för sig själv medan hon plockade fram koppar och fat. Prydligt ställde hon assiett, fat och kopp på vagnen. Hon tittade på klockan, tog fram lådan med bestick, spottade lite på en handduk och gned kaffeskedarna blanka. "Så där ja …"

Ytterdörren öppnades och tunga steg ekade i farstun. "goddag, goddag!" sa en mörk bullrande röst.

Anders ansåg sig stå bra där han stod. Genom dörrspringan hade han full koll på kakfaten och vad som hände i hallen. Rosita och småsyskonen rusade ut i hallen, ivrigt pladdrande i mun på varandra. "Goddag!" sa Gertrud, räckte fram handen och neg artigt.

Prästen log förvånat. "Vad heter du då, lilla vän?"

"Jag heter Gertrud. Jag och mina syskon är här idag tillsammans med mormor."

"Så vackert namn!" sa prästen och klappade hennes hand. Mer hann prästen inte säga innan han blev avbruten av de andra barnen som också ville hälsa. Mormor skyndade prästen till undsättning. "Hur beter ni er egentligen? Låt honom få komma in och ta av sig ytterkläderna."

Prästen skrockade glatt. "Nu ska inte Elsa vara så kärv. Jag är så glad över att få se lite ungdomar och inte alltid bara oss gamlingar."

Anders såg mormors förlägna min och tyckte smått synd om henne. Det kunde nog inte vara helt lätt att plötsligt få en massa ungar att ta hand om. Syskonen såg på varandra och fnissade i smyg.

...

Gudstjänsten närmade sig och det lilla kapellet fylldes snabbt med besökare. Gertrud såg bedrövad på den spridda syskonskaran. Mormor var inte nöjd. Hennes bestämda åsikt om att ha dem placerade på ett och samma ställe hade sedan länge gått om intet.

Försiktigt sträckte Gertrud på sig för att räkna in dem, men hur hon än räknade så fattades det en. Vem? Åh nej! Nästminstingen var borta eller rättare sagt hon kunde inte hitta henne. Men Gertrud var säker på att hon hade varit med i hallen när prästen kom. Hon försökte lugna ner sig. Nästminstingen var i vanliga fall lugn och skulle aldrig få för sig att smita sin väg. Hon satt säkerligen bland alla besökarna.

Prästen berättade om andra advent och de tre vise männen. Plötsligt tystnade han mitt i en mening, drog på munnen för att snabbt återgå till handlingen. Gertrud anade genast oråd. Prästen hade lagt märke till något bakom församlingen. Stelt vände hon sig om och fick syn på nästminstingen på väg ut i köket. Prästens blick föll på Gertrud och han nickade vänligt.

"Vi ska vara tacksamma som lever i ett land med överflöd. Nu vid juletid ska vi värna om de svaga och fattiga. Kanske en liten slant eller godsak från oss som har mycket till de, som inget har? Det tycker jag att vi kan tänka lite extra på i år", fortsatte prästen och såg ut över församlingen.

Gertrud förstod att prästen hade sett. Hon kunde slappna av. Han fanns där till syskonens försvar.

"Amen."

Tystnaden spred sig i kapellet och församlingen skruvade förväntansfullt på sig inför det kommande kaffekalaset.

"Varsågoda! Nu blir det kaffe och kakor", sa mormor med ett leende. Alla reste sig och styrde stegen mot köket.

"Men vad i hela friden!" utbrast mormor förfärat. Vem har varit i köket och länsat bullfatet?"

Det gick ett sus bland besökarna och alla såg förvånat på varandra. Länsat bullfatet? Hur hade det gått till? Alla hade väl suttit med och lyssnat? Mumlade de till varandra.

Gertrud kände hur kinderna hettade. Var hon medskyldig? Då var iså fall prästen det också. Nu stod han där och log medan besökarna ivrigt tog för sig av det dignande bordet.

"Varsågod! Ta för er av de söta goda *pirrevitterna* ", sa han och blinkade åt nästminstingen.

Mormor fyllde kopparna med kaffe och snart var de stulna bullarna bortglömda. Det blev tyst vid borden och alla åt och sörplade med andakt.

"Gud har verkligen välsignat din dotter och hennes man. Tänk vilken gudagåva att få så många barnbarn", sa en kvinna till mormor och log ett tandlöst leende.

Mormor gjorde en grimas och snörpte på munnen.

"Blanda för Guds skull inte in honom i det här. De här odågorna har de minsann själva satt till världen."

Den tandlösa kvinnan ryggade tillbaka, såg förfärat på mormor och vidare på prästen som närapå satte kaffet i fel strupe vid det bryska ordvalet.

"Jag hade själv önskat mig att få några små, men se där blev det inget att hämta", sa kvinnan bedrövat.

…

Kyrkobesöket var över och det var dags att gå hem. Vita snöflingorna dalade sakta mot marken och förvandlades till vattendroppar när de landade.

"Änglarna gråter!" sa Rosita och fångade en flinga på tungan.

"Änglarna gråter", upprepade nästminstingen medan hon storögd hoppade fram på ett ben längs stigen. Hon stoppade handen i fickan och letade efter något.

"Jag vill att det ska vara så. Fast inte att de ska gråta förstås. Jag vill att de ska vara glada änglar som kastar snöbollar", fortsatte Rosita och räckte ut tungan för att fånga fler snöflingor.

"Äsch! Unge, du pratar som du har förstånd till", sa mormor och suckade.

De fortsatte förbi deras hem på Bogegatan. Anders frågade om pappa var hemma. Men den röda stjärnan var släckt, så det var han nog inte.

Tysta gick de efter mormor. Nästminstingen plockade upp något som såg ut som en kaka ur fickan och stoppade den i munnen.

"Vad orättvist!" gnällde minstingen. "Jag vill också ha."

"Tyst", viskade Gertrud strängt.

"Men vad är det nu då!" sa mormor och stannade. Hon vände sig om och blängde irriterat på dem.

"Det är ingenting", skyndade sig Gertrud att tillägga. "Hon är bara trött.

Bryskt ryckte mormor tag i nästminstingens arm. " Jag ser dig nog!"

Nästminstingen blev rädd och började hosta våldsamt.

"Åh! Eländiga unge. Det kan du ha det", sa mormor och släppte taget om hennes arm.

Förfärad såg Gertrud hur den lilla kämpade efter luft.

"Jaha! Så nu fastnade stöldgodset i din hals." Hon ryckte tag i flickan, la henne mot sitt böjda knä och bankade kraftigt mellan skulderbladen. Inget hände. Minstingen började gråta hjärtskärande och höll krampaktigt i Gertruds hand. Mormor bankade på nytt mellan flickans skulderblad. Flickan började hosta och med stor häpnad kunde syskonen följa en del av syltkakan som kom rullande längs stigen.

Minstingen släppte Gertruds hand och började springa efter den.

"Du låter bli kakan!" skrek mormor. Man ska inte stjäla. Gud straffar somliga direkt, så nu vet ni det.

Mormor såg på det ynkliga barnet som för ett ögonblick sedan, svävat mellan liv och död. "Din rackarunge", sa hon något mildare och kramade henne lätt. Gertrud och de andra stod tysta. Något hade hänt och stämningen hade förändrats i all hast. "Nu skyndar vi oss hem. Ikväll blir det varm choklad och smörgås", fortsatte hon och började gå hemåt.

Det hade blivit kväll och barnen låg tryggt nedbäddade i sina sängar. Det skulle bli sista kvällens hos mormor, men än visste de inget.

Tanken på deras glada ansiktet över att få gå hem till sitt, att lämna henne gjorde mer ont än hon hade föreställt sig. Allt hade ju gått över all förväntan. De var inte så odrägliga och ouppfostrade som hon hade trott. Tja ... kanske det kunde förbättras en smula, men det hängde på föräldrarna det.

...

"Se till att äta upp gröten innan ni går hem", sa mormor och fyllde grytan med vatten för blötläggning.

Aldrig någonsin hade de ätit upp så fort. Äntligen skulle de få gå hem.

"Se nu till att tacka ordentlige innan vi går", sa Gertrud och samlade ihop tallrikarna från bordet.

Barnen tog i hand, tackade och lämnade köket. Gertrud erbjöd sig att ta hand om disken men mormor avböjde bestämt.

54

"Gå nu hem! Så hoppas jag att vi ses en annan dag."

"Jag hoppas du får en fin jul", sa Gertrud och log innan hon stängde ytterdörren efter sig.

…

Mormor slog sig ner på pallen vid köksbordet och suckade bedrövat. Hur kunde det bli så här? Hon kände sig sorgsen. Så ensam hon var ändå, men inte behövde hon väl någon? Det hade hon alltid intalat sig iallafall. Att klara sig själv var hon van vid. Det hade hon gjort sen Bengt, hennes livskamrat gick bort. Tänk att det redan var tolv år sen?

När han dog gjorde även hon det, inombords. Hon hade inte orkat med något eller någon. Allra minst orkade hon se på när dottern kastade bort sitt liv på den ansvarslöse drummeln till fästman. Det hade gjort alltför ont.

Dottern hade gjort sina försök till kontakt, det kunde inte Elsa förneka. Men som man bäddar får man ligga. Den ena ungen efter den andra hade kommit till världen. Det högg till i hjärtat av dåligt samvete. Det var inte barnens fel.

…

"Hej mina älskade barn! Nu ska vi minsann se till att det blir riktigt fint innan mamma kommer hem", sa pappa och skyfflade dem in genom dörren. "Gertrud! Du som genast ser vad som behöver göras, ser till att sätta alla i arbete. Så går jag och handlar."

Alla hoppade och skuttade runt Gertrud, ivriga över att få sätta igång. Nu skulle det göras fint så mamma inte kunde bli annat än glad.

…

Yr av glädje ropade Anders att pappa var på väg uppför trapporna. "Jag öppnar för honom!"

Pappa klev in i köket och satte kassen med en duns på diskbänken. "Nu alla barn! Idag blir det fest. Spagetti och köttfärssås. Vad säger ni om det?"

"Jag fixar maten!" sa Gertrud och försökte överrösta barnens jubel.

"Får jag och Rosita gå ut tills maten är färdig?" undrade Anders.

"Ja ... gör det. Jag börjar inte med maten ännu på en stund", sa Gertrud och skrattade.

"Jag ska hämta mamma och Martin från BB om en timme. Så se till att vara hemma till dess", sa pappa och la armen om Anders axlar.

Tillsammans sprang de över gården, bort till tant Maja.

De stampade av sig snön från skorna utanför porten och skyndade uppför trapporna.

Ivrigt tryckte han på ringklockan.

Dörren öppnades och där stod hon. "Nej men kära nån! Är det ni som hälsar på?", sa hon och log så kinderna såg ut som röda äpplen.

"Ja! Och vet du vad? Vi har flyttat hem!" sa Rosita ivrigt.

"Så mamma och barnet har kommit hem?"

Anders skakade på huvudet. "Inte än, men snart."

"Men borde ni inte vara hemma då?" sa Maja och släppte in dem i hallen.

"Hon kommer om en timme. Vi ville bara komma hit en stund först", sa Rosita och slängde av sig mössan.

"Så glad jag blir!" sa Maja och klappade Rosita på kinden. "Jag har bakat bullar. Ska strax gå ner med en påse till min vän i källaren. Vill ni följa med?"

"Följa med?" sa Anders tveksamt. "Han verkar lite läskig. Är han verkligen snäll?"

"Han är väldigt snäll. Men först ska jag berätta en hemlighet för er."

Nyfikna följde de henne in i köket.

"Men kom ihåg! Det är vår hemlighet. Ni får inte berätta det för någon", sa Maja bestämt och höjde på ögonbrynen.

De nickade av stundens allvar. "Vi lovar."

"En gång … för mycket längesedan, var jag och Gunnar ett par. Vi var förlovade."

Rosita såg storögt på Maja. "Var ni ett par? Han som ser så hemsk ut."

Maja nickade. "Mm … så var det. Tro det eller ej, men en gång var han en stilig man." Hennes kinder blev röda. "Men Gunnar var en rastlös själ. Han hade inte ro att bo på ett och samma ställe, än mindre skaffa ett hem. En riktig luffare var han."

"Men då blev du ensam", sa Rosita sorgset.

"Ja det blev jag … och väldigt ledsen."

"Vad hände sen då?" sa Anders och såg längtansfullt på bullarna.

"Tyvärr så kom vi ifrån varandra. Vi levde våra egna liv. Jag träffade en annan man och gifte mig."

"Saknade du Gunnar?"

"Nja … så småningom läkte såren och jag blev mycket lycklig med min make."

"Men var är din man nu då?"

"Ja du Rosita. Han är död sen många åt tillbaka. Han föll ner från ett tak och slog sig så illa, att han dog."

Rositas ögon blev blanka. "Nej! Så hemskt."

"Men i samma veva kom Gunnar tillbaka i mitt liv."

"Men han är ju en riktig luffare", protesterade Anders.

"Det är han! En riktig luffare och lär fortsätta att vara det också. Han vill fortfarande inte bo i ett riktigt hem."

Rosita trutade med munnen och såg beklämt på Maja.

"Det är hemskt att bo så där och så ensam han måste vara."

"Men var det inte ni som funderade på att flytta in i förrådet intill?" sa Maja förvånat.

Syskonen såg skamset på varandra. Det var sant. De hade faktiskt planerat att bo där istället för hemma.

Maja log uppmuntrande. "Nåja, så farligt är det väl inte. De är nog inte alltid så lätt att bo trångbodd. Men ni ska veta att en dag lär ni uppskatta era syskon och varandra."

Orden från Maja hade fallit väl och Anders tankar på att flytta hemifrån hade försvunnit.

"Varsågod! Ta en bulle och doppa. Vi ska strax gå ner till Gunnar."

Rosita öppnade källardörren och höll upp den för Maja som hade famnen full med godsaker till Gunnar. De lyssnade. Inte ett ljud hördes. De fortsatte fram till Gunnars krypin. För säkerhets skull stod de bakom Maja.

Maja knackade på dörren och kika in. "Hej vännen! Här kommer vi med lite godsaker till jul."

Gunnar kom haltande mot dem. Han slätade till det vita skägget och plirade lurigt med ögonen.

"Ser man på! Kommer du med mina nya grannar?" sa Gunnar och log.

"Nej! Absolut inte!" protesterade Rosita.

"Nej! De ska inte flytta in. De har ångrat sig", sa Maja och blinkade lugnande till barnen.

Gunnar gjorde en besviken min. "Det var synd. Det hade varit roligt att ha någon att spela kort med." Helt plötsligt brast han ut i ett stort leende som visade ett stort bortfall av tänder.

Rädslan för Gunnar var som bortblåst och Anders klev fram.

"Jag kan gärna komma och spela kort, även om jag inte bor här."

Gunnar brast ut i ett hjärtligt skratt och tog sig för magen. "Så trevligt! Men du … då måste du lova att det blir vår hemlighet. Inte berätta för någon."

"Lovar!" sa Anders högtidligt.

Maja såg på sitt armbandsur och skakade på huvudet.

"Nej hör ni barn! Nu måste ni skynda er hem. Timmen är gången."

"Redan?" sa de båda förvånat. Det var en snabb timme."

"Ja ni har ju ett kärt besök som väntar där hemma."

…

Tillsammans gick de tysta över gården.

Anders stannade, vände sig om och såg tillbaka på huset de nyss lämnat.

"Varför stannar du?"

"Jag har en märklig känsla i magen ...", viskade Anders.

"Säg nu inte att du åt för många bullar? Vi ska faktiskt hem och äta mat."

"Nej ... det är inte det. Märkte du inte något konstigt med Gunnar?"

"Med Gunnar?" Rosita skrattade till. "Han verkar konstig hel och hållen."

Anders ryckte tag i hennes jackärm och såg henne stint i ögonen. "Visst liknar han någon väldigt mycket?"

Rosita funderade. "Nja ... inte vad jag kan komma på."

"Jag tycker han påminner om jultomten ..."

"Jultomten?" sa Rosita och skrattade. "Har du blivit tokig?"

Tyst fortsatte han gå intill Rosita.

"Du menade det va?" Rosita vände sig om och såg allvarligt på honom. "Till viss del har du faktiskt rätt,

63

men inte kan det väl …? Men det skulle vara kul. Det kanske är därför han inte kan bo …? Äsch! Strunt, det kan inte vara möjligt."

Anders log för sig själv. "Allting är möjligt, bara man tror tillräckligt mycket."

De öppnade dörren till hemmets trapphus. Doften av mat mötte dem och de sprang uppför trapporna.

Gertrud mötte dem i dörren. "Så bra att ni kom", viskade Gertrud. "Gå in och hälsa på vår nya familjemedlem."

Mamma log lyckligt mot dem. Försiktigt trängde sig Anders fram för att få se lille Martin, brorsan.

"Har du sett Anders! Nu är du inte ensam pojk längre. Du lovar väl att visa honom tillrätta här i världen? Du som har blivit så stor och duktig?" sa pappa och la handen på hans axel.

Anders nickade. "Men ni hjälper väl också till?"

"Självklart! Vi måste alla hjälpas åt och vet ni vad det bästa är? Jag kommer att stanna hemma en längre tid. Har fått ett jobb en bit härifrån."

"Ska du inte vara till sjöss mer?" sa Anders storögt.

"Inte på länge. Jag ska vara här hemma hos er." Mamma log lyckligt som hon brukade göra förr.

"Så ingen ska komma och hämta oss längre?" sa minstingen och kröp närmare mamma.

"Ingen ska hämta er. Det lovar jag", sa pappa och klappade minstingen på kinden.

Anders gick ut i köket till Gertrud och tittade ut genom fönstret. "Vad det snöar! Fortsätter det så här kommer vi att bli insnöade."

Gårdens lyktstolpe kämpade för att lysa genom det ymniga snöfallet. Men vänta nu ... vad var det där? Anders spände ögonen för att kunna se. Någon stod i porten mitt emot. Någon med röd dräkt och luva? Tomten? Han gnuggade ögonen. Men var det inte något bekant med honom? Anders lyfte handen och vinkade glatt. Hjärtat slog ett extra slag när mannen vinkade tillbaka.

"Vem vinkar du till?" sa Gertrud förvånat. "Här lägg fram besticken på bordet.

"Grannen svarade han kort och ryckte på axlarna.

"Jaså! Säg till de andra att maten är klar."

I samma stund ringde de på dörren.

Mamma suckade och skrockade. "Tänk om det är socialen som kommer för att bråka?"

"Tyst", viskade pappa. Vi låtsats att vi inte är hemma."

"Men vad är det med er?" ropade Gertrud från köket.

"Öppna dörren."

Anders gick mot dörren och låste upp. Men vad nu? Den gick inte att öppna? "Det går inte! Det är något utanför som tar emot."

Pappa skyndade till undsättning och tryckte upp dörren.

"Men vad är det här?" utbrast han förvånat och höll upp en stor kasse.

Minstingen skuttade jämfota av förtjusning. "Har tomten varit här?"

"Det ser nästan så ut ..." sa pappa och satte kassen på bordet. Försiktigt öppnade han den. "Korv ... sill, ägg, smör ... lutfisk? Potatis ... kakor och bullar i massor. Men herregud! Vem är det ifrån?"

Tvillingarna såg på varandra i samförstånd och nickade. De kände mycket väl igen kakorna och förstod vem presenten hade kommit ifrån. Men de hade lovat att inte säga något, så det fick förbli en hemlighet.

Gertrud gick ut i trapphuset och kom tillbaka med ett brev viftande i handen. "Det här låg på golvet."

"Öppna vet ja!" utbrast mamma ivrigt.

Gertrud klarade rösten och läste innantill. "Det är från Bengtssons begagnade skor. "Vår församling här på Bogegatan vill önska er en riktigt god jul och hoppas att ni ska glädjas åt vår gåva till er. Ni är välkomna när som att titta in till Bengtsson och prova ut ett par vinterskor var."

"Men hur kan det vara möjligt? Vad har egentligen hänt här medan jag varit på BB?" sa mamma fundersamt.

Pappa böjde sig över mamma och pussade henne på kinden och sedan lille Martin. "Låt oss bara vara glada. Kanske är det vår tur att få lite medvind?"

…

Det var tidig morgon. Efter att ha legat och snurrat i sängen över en timme, bestämde hon sig för att gå upp. Kanske en frisk promenad skulle ge henne ro. Luften var klar och krispig. Det knarrade dovt i snön för varje steg hon tog. Hon kände sig varm inombords, trots den bitande kylan.

Maja blickade upp mot bostadsområdet som varit hennes hem sen många år tillbaka och log. Hela gatan såg ut som en stjärnhimmel. Men det var svårt att säga vilken stjärna som lyste starkast. Tänk om de tre vise männen hade varit här för att leta ut den rätta stjärnan? Det hade inte varit lätt.

Men hon hade sin favorit, men det var inte den som lyste starkast. Nej, den här var sned och kantstött och hängde vid port 63. Maja hade fäst sig så vid det mysiga tvillingparet Anders och Rosita. Så fina. Flickan påminde väldigt mycket om en annan flicka. En lekkamrat sen många år tillbaka.

Men de hade nog inte så lätt, Rosita med de tunna skorna. Som hon måste frysa.

Så Maja hade inte tvekat en sekund när några grannar ordnade en insamling till de frusna barnen Vilken tur att det fanns en god gemenskap i området.

...

Det var första morgonen på jullovet. Under natten hade det snöat ymnigt och staden var klädd i ett vitt täcke av snö. På gården byggde barnen kojor och lyktor medan snöbollarna yrde kors och tvärs.

Pappa stod och väntade i hallen på barnen. De skulle göra ett besök hos Bengtsson. Mamma trutade besviket med munnen.

"Nåja … jag får väl gå dit en annan dag. Det går inte att ta sig fram med barnvagn i all snö."

Det klämtade trevligt i dörrklockan när pappa öppnade in till Bengtssons begagnade skor. Skomakare Bengtsson kom fram till disken och såg undrande på dem.

"Hej! Nu är vi här och vi vill ha stövlar allihop", sa nästminstingen glatt och sken med hela ansiktet.

Bengtsson brast ut i skratt så skägget guppade på magen. "Ja … just det! Jag tror bestämt att jag har några par här", sa han och lyfte upp det ena paret efter det andra på disken. "Ni får slå er ner någonstans och prova."

Pappa hjälpte de små medan de andra ivrigt provade den ena stöveln efter den andra. Efter en lång stund hade alla skor på fötterna utom minstingen som besviket såg på de andra.

"Hur är det med dig då? Fanns det inget par som passade dina fötter?" sa Bengtsson och klappade henne på huvudet.

"De är för stora?", sa hon besviket och trutade med munnen.

"Det ska vi allt ordna! Här har jag ett par fina stickade sockor. Sätt på dig dem och prova igen, så ska du få se. Det är nämligen magiska sockor", sa Bengtsson och blinkade.

Minstingen satte genast på sig sockorna och stoppade foten i skon. "De passar! Trolleri!" utbrast hon lyckligt.

"Ja … då får ni passa på att använda dem nu då", sa Bengtsson och baddade pannan från svett.

Pappa bugade tacksamt med en tår i ögonvrån.

Barnen tackade och sprang ut genom dörren.

Maja tog en tugga av smörgåsen och såg drömskt ut genom fönstret. Men ser man på! Där kommer barnen springande och nog ser de ut att ha fått nya stövlar. En härlig känsla spred sig i kroppen.

Det rasslade till vid ytterdörren. Hon reste sig från bordet och gick mot dörren.

Maja sträckte sig efter brevet som hamnat på mattan. Vad kan det här vara för något? Hon öppnade kuvertet och vecklade upp brevet.

En teckning! Tomtefar och tomtemor stod det med spretiga bokstäver. Men kära nån!

Visst var det Gunnar de hade ritat av? Ja, så måste det vara. De hade till och med ritat dit hans hatt. Men var det hon som var tomtemor? Hon fnissade. En viss likhet fanns det allt. En ilning av välbehag for längs ryggen. Gullungar. Undertecknad Rosita och Anders. Tanken tilltalade henne mycket. Att bli utsedd till tomtemor var ett riktigt fint omdöme.

Gertrud tittade yrvaket upp och mötte mammas blick. Hon viskade något ohörbart och vinkade åt Gertrud att komma med. Förvånad reste hon sig och tog på sig morgonrocken.

De gick in i köket och mamma stängde tyst dörren efter sig. Med tårar i ögonen räckte mamma henne ett litet paket.

"Ska jag ...? Har det hänt något?"

Mamma nickade ivrigt. "Det är till dig."

"Mig?"

"Gertrud", sa mamma och svalde hårt. "Jag har varit så orättvis mot dig. Du har varit så duktig. Har alltid funnits till hands och jag har så dåligt samvete." Gertrud såg skeptiskt på mamma men förstod att hon menade allvar.

"Ja ...?"

"Det skulle bli alldeles för jobbigt att prata om det inför hela familjen, så jag tänkte att jag ville ta det med dig ensam. Kan du förlåta mig?"

"Det finns väl inget att förlåta ..."

Mamma sträckte fram handen och strök Gertrud över kinden. "Vart tog min lilla flicka vägen? Du har blivit så stor. Öppna paketet."

Det rasslade lätt när Gertrud vände på det. Försiktigt tog hon av pappret. En liten ask med guldbokstäver blev synlig.

"Ett smycke?"

"Öppna asken!"

"Ett halsband! Är det guld?" sa Gertrud hänfört.

Mamma nickade, tog halsbandet och höll upp det framför henne. "Du fick den som dopgåva av mormor. Den har legat hemma hos henne."

Mammas kinder blev lätt röda. "Ja ... det har inte varit så bra mellan mormor och mig. Mycket missförstånd och tråkigheter har ställt till det. Jag vet inte riktigt vad som har hänt ... men hon bad mig om ursäkt och vi hade ett väldigt fint samtal igår."

"Så ni är sams nu?" sa Gertrud försiktigt. Rädd att förstöra stämningen.

"Ja och det känns så skönt. Jag har saknat mamma."

Mamma mötte hennes blick och nickade. "Jag vet vad du tänker ... och jag kan lova dig. Det ska bli bättring. Du ska inte behöva ta så mycket ansvar."

"Jag hjälper gärna till men det är skönt att du mår bättre."

Mamma drog Gertrud till sig och slöt henne i sin famn.

Glädjen spred sig sakta genom kroppen. Hon hade fått sin familj tillbaka. Det här skulle bli den bästa julen på många år.

"God jul Gertrud!" Nu går vi in och väcker de andra."

Varm om hjärtat nickade hon och följde efter mamma.

Julefrid
Av: Agneta Pettersson

Nu strålar julen
Ljus och värme i mörkret
Vi skålar i glögg

Granen står så grann
Lukt av barr och apelsin
Åter en grön jul

Tindrande ögon
Förväntan inför tomten
Paket som öppnas

Mor är trött ikväll
Barn bland papper på golvet
Nu sover tomten

När juldagsmorgon gryr
smyger mörkret i väg
Snöflingor dalar

Alla sover än
Endast tomten är vaken
Julottan väntar

Kalle koltrasts funderingar

Av: Ann Cederlund Bogström

Snön föll ymnigt och fyllde snabbt grenarna på trädet där Kalle koltrast satt. Envis som vanligt satt han kvar trots att snön tyngde på fjädrarna och det blev vått. Men han hade bestämt sig för att hålla ut ett tag till i hopp om att få ihop lite mat till familjen.

Julen närmade sig, det förstod han när hundratals små ljusprickar tändes i trädet runt honom. Det var likadant varje år. Kalle koltrast ryckte till. I ren instinkt ville han fly, men stålsatte sig och satt kvar.

Han bredde ut vingarna och flaxade så snön yrde omkring honom därefter drog han snabbt ihop dem.

Kalle koltrast burrade upp sig för att hålla värmen.

Han huttrade, kikade in genom fönstret … och väntade!

Kalle koltrast funderade.

Vad gör dem därinne? Sitter de och smaskar i sig en massa mat?

Han flaxade än en gång med vingarna så snön stod som ett vitt moln.

Kalle koltrast gillade inte snööväder.

Innanför de snart snötäckta fönstret satt två människor, vad han kunde se. Det fanns också en hund därinne det visste han även om han inte såg den just nu. De brukade vara ute och gå med den och då var den bunden i ett långt snöre, eller vad det nu var. Den var i alla fall aldrig lös och fri. Stackarn!

Tänk vilket liv att vara fånge hos de där "tvåbeningarna".

Fast de är rätt snälla ändå. Så fort kylan kommer lägger de ut mat till oss och det är verkligen supersnällt. Då slipper man leta i skogen hela dagarna. Vi kan sitta länge och frossa i alla godsaker.

Fast det är inte alltid lugn och ro. Ibland kommer grannens katter för att smyga på oss och då har det hänt att de tagit någon stackare som glömt bort att vara försiktig. Jag har alltid koll åt alla håll.

"Mästerkollaren" kallar de mig här i trakten och det måste man ju leva upp till.

Hur som helst så tycks de ha glömt bort oss helt här ute i kylan i dag. Maten är slut och själva sitter de bara där och vräker i sig.

De tittar inte ens ut!

Det är likadant varje gång det är oväder, de kommer inte ut över huvud taget. Jag undrar om det kan bero på att de är mer frusna än vi? De har inte en enda fjäder på kroppen. Inget som skyddar och värmer. Alldeles nakna.

Ja, ja, de skyler kropparna med något för det mesta. Men jag har minsann sett jag ... De går omkring helt nakna därinne ibland. Så helt olika är vi inte ändå. De liknar nästan våra ungar när de föds, fast de är större och, ursäkta, fulare. Men de är tydligen tvungna att hänga på sig saker för att hålla värmen när de är ute. Hm, det är bra konstigt att deras fjädrar aldrig växer ut Nej, det är tur man är fågel.

Jag ser att det hänger två långa påsar vid fönstret med godsaker men dit vågar jag inte flyga. Det är de där små malliga blåmesarna, talgoxarna och andra småttingar som äter där.

Önskar jag kunde vara lika modig som dem. De är små och snabba medan jag är så stor och kanske lite klumpigare. Förmodligen skulle jag skrämma människorna därinne och det vill jag helst inte. Tänk om de blir arga och slutar lägga ut mat.

Men fasiken vad jag är hungrig. Fötterna är iskalla och snön är väldigt tung. Det är nog hög tid att dra hemåt innan jag förfryser mig.

Vi lär få leta mat i skogen i eftermiddag. Som tur är gillar ungarna att vara ute i naturen. De tycker det är spännande att spåra själva och de sover sedan så gott på natten.

Ja, så får det bli idag.

Jag är ändå lyckligt lottat jag som har ungar som gillar att vara ute och lära sig saker. Man ser ju många familjer runtom i grannträden som har problem. En del matar ännu sina ungar fast de för länge sedan borde vara utflugna. Synd och skam är det. De blir lata och man undrar hur de skall klara sig själva i framtiden. Hur har det blivit så här?

Nej, nu får jag sluta och fundera på sådant. Det blir snart mörkt så det är dags att flyga hem till mitt varma bo och goa familj.

Snart är det jul och då VET jag att vi får extra med mat. Då lägger våra människor ut säkert dubbelt så mycket med nötter, bröd och äpplen ... mums!

Jag längtar redan till julen. Då kan vi sitta och mysa tillsammans hela familjen.

Hej, god jul och kviddevitt från mig, Kalle koltrast!

Han ruskade av sig snön än en gång och flög smidigt runt hörnet på huset och fortsatte därefter ner mot skogen och hemmet.

En tid för eftertanke

Av: Lena Hagvall -Weström

Nina placerade lådan med brända mandlar på baksätet och satte sig i bilen. Med bältet redo i handen kom hon att tänka på filtarna. Hon suckade och klev ur bilen. Skulle hon då aldrig bli få komma iväg? Det var alltid likadant. Men känslan av att få hjälpa de mest utsatte i samhället så här inför jul var skön. Att få se de hemlösas tunga och nedstämda blickar förbytas till förväntan gjorde gott.

Nina hämtade högen med prydligt vikta filtar från soffhörnet och skyndade mot dörren innan hon skulle komma på något mer. En sista blick in i huset. Allt var släckt och avstängt. Med viss vånda kom hon att tänkte på den kommande kvällen. Att fira julafton någon annanstans än hemma tog emot. När Robert dessutom lovade bort dem till hans föräldrar var måttet rågat. Ilskan av beslutet som fattats över hennes huvud gjorde

Nina arg. Så upprörd att hon till och med funderade på att ta in på hotell och vägra julafton i år. Men det var naivt och att svika dottern Bella var uteslutet.

Hon startade bilen och kollade tankmätaren för säkerhets skull. Jadå, den visade på halv tank. Inget problem.

Robert skulle sluta sitt arbetspass på sjukhuset klockan tolv och Bella var redan hos farfar och farmor, så hon hade gott om tid. I morgon på självaste juldagen, skulle hon åka förbi härbärget.

Matta solstrålar sökte sig fram mellan mörka hotfulla moln. Tråkigt nog verkade det bli en slaskig jul. Det hade varit ovanligt varmt. Men nog kändes det lite isigt i vinden? Hon närmade sig avfarten till sommarstugan. Hur hade det egentligen gått för katten? Åtskilliga gånger hade hon försökt intala sig att den borde ha ett hem. Inte var den väl hemlös och övergiven? Men den hade bott hos dem nästan hela våren och sommaren.

Hon bromsade in vid skylten. Botvaldevik. Som hon längtade efter våren. Att få vädra ut höstens och vinterns damm.

Först hade katten hållit sig på avstånd, på en bädd av gamla filtar. Kvickt hade hon då ställt ut en tallrik med matrester och en skål med vatten. Misstänksam hade han närmat sig tallriken för att sedan snabbt dra sig tillbaka.

Nej! Nina kunde inte bara köra förbi, hon var tvungen att åka ner till stugan. Tänk om han ännu väntade? Dottern hade döpt honom till Pelle och han hade lystrat till namnet. Med en hastig knyck stannade hon intill vägkanten så gruset sprätte.

Hjärtat bultade vilt när hon gjorde en U-sväng på vägen och vände tillbaka. Tanken på att ha lämnat honom åt sitt öde gjorde henne illamående. Det var visserligen inte deras katt och hon hade ropat sig blå efter honom innan de gett upp för sommaren.

Mörka tunga moln samlades alltmer på himlen och gjorde skogen mörk. Tänk att skogen, sommartid var så mysig och magisk. Några minuter bort från stugan fanns sjön. Det ena hjulet for ner i en grop och bilen krängde till.

"Det var värst vad ogästvänlig man kan vara", muttrade hon.

Den välkomnade vyn av stugan uteblev. Det kändes bara mörkt och murrigt och Nina bestämde sig för att genast ge sig av efter att ha kollat efter katten. Stackarn, han måste ha känt sig bra övergiven. Han kanske inte hade något hem? Många sommarkatter lämnades åt sitt öde.

Hon parkerade utanför ytterdörren och klev ur.

Så mörkt och klockan var bara strax efter ett.

"Pelle!" Hennes röst ekade ödsligt.

Inte ett ljud hördes. Allt var tyst och stilla. Hon ropade igen. Han kanske var en bit ifrån hon kunde försöka igen om en stund. Tystnaden var påträngande.

Brukade det vara så här tyst? Nej! Skogen var vaken på våren. Hon trevade med handen över stugdörren och fick tag i nyckeln. När hon ändå hade gjort sig besväret att ta sig hit kunde hon lika väl titta till stugan.

Det var inne på tredje året nu. Tänk att det redan var tre år sedan mamma gick bort. Vart hade tiden tagit vägen? Dörren knarrade besvärande när hon öppnade.

"Ja, hej på dig med!"

Det luktade unket, likt det gjorde på våren. Hon tryckte på strömbrytaren och stugan badade i ljus. Allt såg ut som det brukade. Ja, då var det bara Pelle då. Han kunde gärna få komma, så hon kunde få åka. Det skulle allt bli en syn för gudarna. Komma med en vildkatt till svärföräldrarnas hus. Någon som skulle bli överförtjust var Bella men hon var mer tveksam för Roberts reaktion. Svärföräldrarna skulle väl bli galna. Nej ... nu var hon kanske lite orättvis? De hade aldrig gjort henne något ont. Det var bara så jobbigt att alltid bli påmind om att hon stod ensam på sin sida.

Nina huttrade. Det var kallt. Graderna hade nog klättrat ner några steg.

Hon gick ut på trappan och ropade på Pelle. En hastig blick på klockan. Hade det redan gått en timme? Kanske höll de som bäst på att duka till julmiddag hos Mariann och Tage? Bella, snart sex år var säkert full av förväntan. Förhoppningsvis hade hon på sig den vackert röda Madickenklänningen. Den underbara lilla ljuva varelsen. Bellas små späda armar runt hennes hals. Hon log vid tanken.

Nej! Nu kunde hon inte vänta längre. Det blev till att komma tillbaka en annan dag. Hon låste och lade tillbaka nyckeln över dörren. Tanken på alla läckerheter som väntade fick magen att kurra. Usch! Så mörkt det hade blivit.

Nina stirrade fånigt på den svarta instrumentpanelen.

"Men starta nu då!"

Hjärtat slog allt hårdare och svett tränga fram längs hårfästet. Det fick bara inte vara sant. Hon väntade någon minut och försökte på nytt. Inte ett ljud, inte en minsta gnista. Vad skulle hon göra? Den täta skogen kröp allt närmre och hon kände paniken gripa tag. Här kunde hon inte sitta. Med bultande hjärta klev hon ur och stängde bildörren försiktigt. Ville inte göra väsen i den tysta skogen. Med darrande hand letade hon rätt på nyckeln.

Tänderna hackande intensivt när hon öppnade och klev in. Hon tackade sin lyckliga stjärna att de låtit installera el. Tidigare hade de haft provisoriska lösningar. Robert! Hon måste ringa honom.

Den ena signalen efter den andra gick fram. Varför svarade han inte? Hon tittade på klockan. Nej det kanske inte var så konstigt. Han var nog på väg hem till föräldrarna. Om hon väntade en liten stund. Usch! Som hon frös. Hon knäppte på elementet. Det knastrade och luktade bränt, men så kunde det bli, det visste hon. Med darrande fingrar knappade hon in telefonnumret till Robert.

Signalerna gick fram likt förra gången.

"Robert svara!" Han kanske inte ville svara? Skräcken bet tag i henne när hon mindes deras sista samtal. Hans ögon hade varit så sorgsna. Vad hade hon egentligen gjort? Bett honom välja mellan henne och hans föräldrar. Det svindlade. Hur kunde hon bete sig så själviskt? Bara för att hon stod ensam ... så skulle han väl inte ...?

Robert, snälla älskade, svara. Men de entoniga signalerna var det enda hon fick. Värmen spred sig sakta i stugan. Borde de inte sakna henne nu? Men vid närmare eftertanke, hon hade inte varit trevlig. Han kanske var glad att hon var borta? Tårarna brände bakom ögonlocken.

För tionde gången lyfte hon på luren och såg med fasa att den förmodligen skulle ladda ur vilken sekund som helst.

Nina lyssnade till hans glada tillrop på telefonsvararen och bestämde sig för att lämna ett meddelande innan telefonen dog ut. Mycket riktigt! Den svalde hennes sista ord och dog. Nu var hon helt lämnad åt sitt öde.

...

Trots det varma elementet så ville inte den riktiga värmen infinna sig. Isoleringen på stugan var väl inte den bästa, men det brukade räcka till. Det hade blivit kallt. Hon tittade på kaminen och den prydliga vedstapeln Robert lagt upp till kommande vår. Fina älskade Robert, som gjorde allt för henne. Hon kände sig dum och elak. Som en stor egoist. Hon förstod varför han struntade i henne. Så självisk hon varit. Kasta ur sig sådant som att han inte skulle få någon julklapp bara för att ...

Orden stockade sig inom henne. Det gjorde ont. Bella … vad skulle hon tro om mamma nu? Att hon övergett sin lilla flicka? Hon reste sig från soffan och öppnade dörren. Synen som mötte fick henne att tappa andan. Det snöade! Stora flingor föll sakta och lade sig som ett vitt täcke över marken. Så vintern hade äntligen bestämt sig för att komma? Inte så märkligt att det var kallt i stugan.

Nina öppnade luckan till kaminen och rakade ur lite rester av aska. Hade hon otur kunde det ryka in, men valet att behöva frysa var värre. Åh herregud! Det var julafton och hon kände sig som den ensammaste människan på jorden. Robert och Bella satt säkert och åt av julbordets läckerheter hos svärföräldrarna. Hon satte tändstickan till det hopknycklade pappret. Girigt slickade lågorna stickorna och spred en ljuvlig värme.

Hon greppade telefonen i hopp om att den hade något uns av ström kvar, men den var likväl död. Klockan blev tre, det var dags för Benjamin syrsa att presentera Disneys jul och hungern gjorde sig till känna. Det fanns faktiskt en hel del i bilen. Lussekatter, godis och glögg. Med hjärtat tungt av självömkan, reste hon sig från soffan och gick ut till bilen. Det fanns faktiskt ingen anledning till dåligt samvete, hon var i nöd.

Flingor föll sakta till marken och skogens träd hade blivit vita. Det knarrade unders skorna när hon gick till bilen. Allt var emot henne. Hade han bara varit här, hade hon fallit på knä framför honom och bett om förlåtelse ... nåja, hon hade i alla fall bett om förlåtelse.

Hon tog en påse saffransbullar, lådan med julgodis och en flaska glögg från baksätet och knuffade igen bildörren. Herregud så kallt det var. Det blev att hämta mer ved från förrådet.

Nina ställde ifrån sig sakerna på soffbordet och hämtade lyktan från köket. Att gå ut till förrådet, säkerligen fullt med råttor och möss kändes motigt.

Men vad hade hon för val? Veden i lådan, skulle snart ta slut.

...

Så korkat! Hade det verkligen förvarnats om snö? Tunna finskor var inte det bästa. Med lyktan i hand gick hon försiktigt bort mot förrådet. Hon bankade på väggen för att skrämma bort eventuella inkräktare. Dörren knarrade dramatiskt och for upp på vid gavel.

"Jaha ... låt se." Hon satte kassen från Ikea på golvet och tog en trave vedbitar från den prydligt staplade högen.

Det rasslade till från andra änden av rummet. En kall kåre löpte längs ryggen och hjärtat bultade allt hårdare. Jäkla råttor! Hon hatade verkligen kräken. Snabbt kastade hon ner träbitarna i kassen och skyndade ut från förrådet.

Nina tog ett djupt andetag. Den varma andedräkten bildade ett moln i den kalla bitande luften. Lyktans ljus spred ett magiskt sken över gården och de snötyngda grangrenarna. Allt var tyst och stilla. En svepande rörelse mot benet fick henne att hoppa till.

"Mjau!"

"Men kära nån … är det sant? Pelle, är det du?" Katten snurrade varv på varv runt hennes ben, så hon nästan tappade balansen. "Nu måste du följa med mig in. Var har du hållit hus?"

Nina behövde inte locka honom med sig in i stugan, han gick frivilligt framför. Snabbt stoppade hon in några bitar i kaminen för att sedan ta katten i famnen. Med sorg i hjärtat klämde hon på hans revben. "Du behöver mat du." Men att mata honom med godis och saffransbullar var inte bra. Hon suckade tung och gick ut till köket. Grönsakskonserver var väl knappast något för honom.

Märkligt? En tonfiskkonserv. Vem hade lämnat den? Beslutsam tog hon fram en öppnare från lådan och släppte upp katten på diskbänken. Pelle kisade med ögonen och jamade förväntansfullt.

"Såså … vänta lite, måste ta bort locket."

Nöjt betraktade hon hans ivriga tuggande och slappnade av. Sakta strök hon honom över ryggen. Nina lämnade köket och kopplade ihop kablarna till teven. Det var väl lika bra att förbereda sig för en julafton i skogen. I morgon fick hon gå till närmsta gård och låna en telefon.

…

Hon trevade med handen i påsen efter en bulle utan att släppa Lady och Lufsen med blicken. Tomt? Hade hon redan ätit upp alla? Då fick det allt vara bra. Fattades bara att hon skulle bli magsjuk också. Försiktigt flyttade hon på filten så Putte inte skulle vakna. Ett besök på utedasset var tyvärr nödvändigt. Nina öppnade dörren och häpnades över det vita landskapet. Hur skulle hon komma till dasset utan att förfrysa fötterna? Plastpåsar! Ja, så fick det bli. Hon lindade in fötterna med var sin handduk för att sedan dra plastpåsar utanpå. Med ljuslyktan i hand, småsprang hon sedan över gården.

Dörren gick att öppna utan problem och hon satte sig på den kalla sitsen med en viss tvekan. Ljuslågan i lyktan flämtade från draget i väggen och höll så när på att blåsas ut. Nej du! Du håller dig vid liv. Har jag inte fått utså tillräckligt? Snabbt uträttade hon sina behov och reste sig. I ärlighetens namn kunde hon säga att hon aldrig tyckt om att gå hit men än värre var det nu.

Lättad lämnade hon dasset och skyndade över gården. Det skulle bli skönt att krypa under filten.

Pelle låg kvar där hon lämnat honom. Hon drog på munnen åt hans nöjda gestalt. Några veckotidningar och ett fotoalbum som låg på hyllan under soffbordet fick duga som kvällslektyr. Smått rastlös drog hon till sig albumet. Men sorg i hjärtat såg hon på korten. Så unga de såg ut, föräldrarna. Mamma kunde kanske vara tjugo. Nina läste under fotot.

Nyförlovade, stod det. Ja … och där var ringen hon ärvde, förlovningsringen.

En hård klump bildades i halsen och hon fick svårt att andas. Ringen! Den satt inte på hennes finger? Nej, det fick inte vara sant. Hade hon tappat den? Hon försökte tänka tillbaka. När hade hon haft den senast? Det gjorde så ont. Den käraste ägodel hon fått efter sin mamma, var borta. Hur många gånger hade hon inte tänkt putsa den och låta sätta dit stenen som fattades? En sorgens dag. Den värsta tänkbara julafton hon någonsin upplevt.

Tårarna rann hejdlöst och blötte Pelles päls. Han sträckte sig njutningsfullt och tryckte sig mot henne.

"Tack Pelle!" Jag är så glad över att ha dig här."

Nina snöt sig ljudligt och kröp ner under filten. Tröttheten tog överhand. Kanske kunde hon få sova en stund.

…

Bjällerklang? Yrvaket försökte hon lokalisera ljudet. Äsch! Hon drömde nog bara. Med ett tvärt kast vände hon sig om. Men ... visst hördes det bjällerklang. Var det på teven? Med ena ögat halvt öppet kisade hon mot apparaten. Nej ... den hade slocknat?

Tveksamt satte hon sig upp. Nu var det där igen. Nina reste sig från soffan och Pelle hoppade upp i fönstret. Ett fladdrande ljus utanför gjorde Nina nyfiken och hon öppnade dörren på vid gavel.

"God jul!"

"Robert?" Förvånat såg hon på ekipaget.

Bella kom rusande i sin fina röda kappa och kastade sig om halsen på henne. "Mamma!"

"Åh lilla gumman! Som jag har längtat efter dig."

"Pelle! Har du hittat honom?" ropade Bella överförtjust och släppte greppet om Nina. Snabbt sprang hon in i stugan.

Nu som först upptäckte Nina alla marschaller och ljuslyktor på gården.

"Robert … förlåt mig, jag har verkligen …", sa hon med gråten i halsen. Hon var både glad och ledsen på en gång. Helst hade hon velat krypa in i hans famn och få tala om allt elände, men något i hans blick fick henne att tystna.

"Shh! Säg inget. Vi har nog båda varit lite väl upptagna och egoistiska."

Hans mörka ögon tycktes magiska och hon ville drunkna i dem.

"Ska vi åka till dina föräldrar nu? Är de oroliga?"

"De har varit väldigt oroliga. Men jag förstod direkt att du var här efter ditt meddelande."

"Kom mitt meddelande fram?"

"Nja, det enda jag hann höra, var, stugan", sa Robert och drog henne intill sig.

"Ska jag plocka ihop …?"

"Nej! Vi kan väl fira julafton här?" Det är varmt och gott och jag har plockat med mig lite godsaker från julbordet."

"Men vad säger de då?"

"Ingen fara! De vill bara veta att du är välbehållen, så jag slår en signal."

De gick in i stugan och han räckte henne en korg med läckerheter medan han slog numret hem till föräldrarna.

"Ja, hon är här! Ni behöver inte vara oroliga längre. Vi blir kvar här i natt." Han räckte Nina luren och hon såg tveksamt på den. "De vill bara önska dig god jul."

"Jag ber så hemskt mycket om ursäkt. Det var verkligen inte meningen att ställa till … jag menar förstöra er jul", hasplade hon fram.

"Men kära du! Vi är båda så glada att du mår bra. Om något skulle ha hänt dig … det skulle vara fruktansvärt." Svärfar Åkes röst var varm och hjärtlig. Nina hörde att han menade varje ord. "Ilse har 'äntligen fått ro och kan torka sina rödsprängda ögon."

Hjärtat svämmade över av alla vänliga ord. "Tack! Ja det var verkligen olyckligt det här, men det var också en lyckträff. Jag hittade sommarkatten Pelle."

"Du ser! Ibland inträffar saker som är nödvändiga. Ha nu en mysig afton i stugan, så ses vi kanske i morgon,"

"Det gör vi! En god jul till er med. Hälsa Ilse så gott."

Nina stängde av telefonen och häpnades över det fint dukade bordet.

"Mamma! Tänk att vi ska fira jul här!" sa Bella glatt och kröp in i Ninas famn.

"Ja gumman! Men tyvärr så har jag ingen julklapp till dig här."

Bella skakade lyckligt på huvudet. " De finns ju kvar och förresten har jag redan fått den finaste julklappen. Pelle! För visst tar vi med honom hem?"

"Det hade jag tänkt. Vi får kanske sätta ett koppel på honom, så han inte försvinner igen."

Ljusen på gården hade brunnit ut. Klockan var långt över midnatt. Bella sov gott på luftmadrassen med Pelle mysigt hopkurad likt en boll tätt intill. Bäddsoffan stod bäddad och klar och Nina gjorde sig klar för natten. Från nattlampans sken såg hon Robert redan nerkrupen på sin sida av sängen.

Försiktigt lade hon sig bakom hans rygg och smekte honom över armen.

"Älskling ... det här är den finaste jul jag upplevt, trots den tråkiga starten."

Han vände sig om. De mörka ögonen glittrade i skenet från ljuset och han drog henne intill sig.

"För mig är du det finaste som hänt mig. Att missta dig, skulle vara det värsta tänkbara. Hoppsan! Nu höll jag på att glömma."

Han släppte henne i all hast och klev ur bädden. Försiktigt klev han över Bella och gick mot hatthängaren. Det prasslade lätt och han gick tillbaka till sängen.

"God jul, älskling", viskade han och räckte henne ett litet paket.

Förvånat tog hon paketet. "Ska jag öppna den nu?"

Han nickade ivrigt. "Jag hoppas du förlåter mig."

"Förlåter dig? Det är nog bäst att jag öppnar. Vad har du nu hittat på?" Hon befriade asken från papper och snöre och sträckte sig efter strömbrytaren till sänglampan. "Är det vad jag tror …"

Där låg den, vackert inbäddad i vadd. Ringen. "Hade du lämnat in den och låtit sätta dit en ny sten?" Det gick inte att hejda tårarna, men den här gången av lycka.

"Ja. När du bakade lussekatter passade jag på. Lite märkligt att du inte saknat den, men förmodligen har du varit en smula stressad."

"Den är så vacker! Som den glänser."

Robert tog ringen från asken och trädde den på hennes finger. "Vill du gifta dig med mig?"

"Om jag vill gifta mig med dig? Nej … ja Robert. Menar du allvar?"

Han nickade och drog henne intill sig. Vi hör ihop du och jag. Tänk dig Bella som brudnäbb.

"Jag vill väldigt gärna gifta mig med dig. Det kan inte bli bättre än så här. Den bästa och lyckligaste julafton jag upplevt."

…

Lycklig vände hon sig om på sidan och lyssnade till Bellas och Roberts lugna andetag. Hon var rik. Men en sak hade hon lärt och det var att aldrig ta någon för given.

Snart är julen här

Av: Eveline Pettersson

Inget är kul när det är jul! Tipp tapp tipp tapp tippe tippe tipp tapp tipp tipp tapp. En liten tid vi leva här med mycket möda och stort besvär...Hej hopp och låt oss lustiga vara!

Lucia går väl an i alla fall, tänkte hon och erkände för sig själv att hon blivit generad över att vara tvungen att kämpa för att hålla tillbaka tårarna när hon såg de vackra unga kvinnorna som skred fram och sjöng om mörka hus och stalledräng och stjärnan i fjärran...

Doften av pepparkakor, saffran och glögg försökte höja julstämningen, men mest känslor väckte ändå synen av de unga vitklädda kvinnorna, belysta av stearinljus och med oskyldiga förväntansfulla ögon.

106

Vänta bara, även ni kommer att få se att julen är överskattad.

Visst, det fanns en tid då även hon försökte leva upp till allas förväntningar med hemrullade köttbullar, julskinka, hembakat bröd och allt som hörde julen till.

Alla proppade i sig, för att inte tala om alla julsnapsarna. En del somnade redan innan Kalle Anka.

Kalle Anka förresten! Vad har det med julen att göra? Kanske han är vår nya frälsare? Och tomtenissarna hans lärjungar? Då följde hon hellre Karl-Bertil Jonsson. Där fanns det lite budskap åtminstone.

Efter Kalle Anka revs det i alla paket, julpapper och julklappssnören och nästan ingen kom ihåg vem man hade fått julklappen ifrån.

Droppen för henne blev när hon i vanlig ordning förberett allting och var tvungen att jobba fram till klockan tre. När hon kom hem hade maken ätit upp det mesta och låg och snarkade i sängen. Hon blev rasande, jagade upp honom och tvingade honom att i alla fall steka några prinskorvar. Han stod vid spisen och gungade i knävecken medan han fumlade med stekpannan.

Dottern och hennes kusin, båda i sju-årsåldern tyckte att den julaftonen var en riktig flopp, men när de senare på kvällen fick sina julklappar så ljusnade deras sura miner något.

Dottern slutade dock att skriva sina önskelistor som hon brukade långt innan jul, ja, hon skrev överhuvudtaget inga fler önskelistor. Inte smet hon ner i källaren heller längre för att i smyg plocka i kartongerna med julpynt.

Det var några år sedan nu. Hon hade lämnat den släkten och bodde ensam, det var bättre. På jobbet såg hon en aning föraktfullt på när jobbarkompisar pyntade arbetsplatsen med adventsstakar, julstjärnor och änglar.

Hemma ställde hon i alla fall en adventsstake i fönstret, en gammal av trä som hon fick köpa ljus till i elaffären eftersom den var antik. En julstjärna i andra fönstret skämde inte heller ut sig, men mest var det för att hon inte ville verka allt för avvikande eller att folk skulle få för sig att hon blivit Jehovas vittne. Inget ont om dem, men i alla fall,

Dottern bodde en bit ifrån, hade två små barn och fullt upp med sitt. Hon planerade att hälsa på i mellandagarna när värsta hysterin lagt sig.

Den här julen var hon ledig. Hon köpte lite julmat och tänkte läsa en bok och se på TV om det fanns annat än julfilmer, den ena mer sentimental än den andra.

Dagen innan julafton skulle hon handla lite mat, några skivor julskinka är ju faktiskt gott att ha på macka. Med senap på.

Det ringde på dörren. Vad nu då? För sent för att sälja jultidningar i alla fall. Kanske någon tiggare?

Hon trodde inte sina ögon när hon såg en korpulent herre iklädd röda kläder och ett stort vitt skägg!

"Ho ho ho, finns det någon snäll svärmor här?" Bakom honom tittade de allra ljuvligaste små tomtenissarna fram och höll tomtemor i handen. De hade inte bara en säck med julklappar med sig, utan även ryggsäckar och kylväska.

"Men vad i Herrans namn har ni hittat på? Och jag som inte har något att bjuda på!"

"Men det har vi, mamma lilla. Ska du inte släppa in oss?"

Det var klart hon skulle och öppnade dörren på vid gavel. Genast blev hon överfallen med tjoande och kramar.

Kylen fylldes med allehanda julmat, barnen hade med sig en massa egentillverkat julpynt och lägenheten förvandlades till en riktigt glittrande skattkammare.

"Trodde egentligen att du hade slutat fira jul, vännen min?"

"Hade uppehåll ett tag, men när barnen skrev önskelistor redan för ett par månader sedan och jag kom på dom att smyga ner i källaren för att kolla på julpyntet så väcktes mina gamla julkänslor. Så nu har jag återerövrat julen."

" Vi ska till farmor och farfar imorgon och tänkte passa på att hälsa på hos dig innan. Barnen kom fram och hade gjort var sin stor pepparkaka. Hjärtan där det stod Till Mormor.

Det var gott att slippa äta ensam, stämningen var lugn och trivsam och hon fick erkänna att det var något visst med julen ändå. Kanske hon kunde återerövra den hon också...

Familjen Musse

Av Ann Cederlund Bogström

Vinterkylan bet ordentligt i skinnet. Jag som alltid brukade skryta över min tjocka päls och att jag aldrig frös. Men den här vintern kröp den genom ben och märg. Bäst att hålla sig inomhus så mycket som möjligt.

Men jag hade tagit på mig att gå en runda på gården varje dag. Det låg liksom på mitt ansvar att hålla koll på omgivningen. Vi ville inte bli överraskade av oönskade besökare.

Snön yrde och jag såg knappt mina egna tassar och morrhåren hängde fulla med istappar.

Husbonden på gården där vi bodde hade varit flitig. Alla gångar var skottade. Drivorna sträckte sig så högt att de dolde himlen. Husfolket väntade visst finbesök inför julen.

Vi möss hade alltid firat jul med glädje här på gården. Alltid, låter kanske mycket eftersom de flesta av oss bara hinner med en jul under vår livstid. Men det var ändå många av oss som skulle få fira en andra jul. Vi berättade gärna och ofta för de yngre hur mysigt det var och om den goda maten. Ingen hade någonsin behövt svälta.

Husfolket använde sällan källaren, där vi bodde. Inför varje jul blev det dock snabbt fullt i skåpen i köket så då användes en del av hyllorna härnere närmast trappan. Stora fat och kastruller med godsaker. Det låg stora tyngder på locken, förmodligen så inte vi möss och råttor skulle kunna stjäla. Men vi lyckades alltid norpa någon godbit ändå. Ja, visst hämtade vi mat i köket. Det gjorde vi alltid. Men till jul fanns det så mycket annat gott att äta. Som nötter till exempel, det var vi inte bortskämda med.

Vi i källaren var ett sammansvetsat gäng. Alla kände alla och det var frid och fröjd.

Ända tills den nya familjen flyttade in.

Det hände utan förvarning straxt före jul. Jag hade varit ute på min sedvanliga runda.

När jag kom in upptäckte jag till min förskräckelse att änkan stod på golvet och grät, omgiven av sina små.

"Men snälla nån, vad har hänt", utbrast jag förskräckt.

Jag trodde först att katten tagit någon av ungarna men räknade snabbt och de var alla där.

"Jag har blivit utkastad", hulkade fru Must. "Vi har ingenstans att ta vägen."

Även de små grät och det blev svårt att höra vad hon sa.

"Va, vem har kastat ut er?"

Det var då jag fick syn på inkräktarna.

En vilt främmande familj stod utanför änkan Musts hem.

"Vem är ..."? sa jag förvånat och tittade på änkan igen.

Innan hon hunnit svara ekade en röst ut över hela källarvåningen

"Vi är familjen Musse!"

Det var en högrest mus med svart päls som basunerade ut högt och tydligt.

Herr Musse satt på bakhasarna med nosen i vädret och såg märkvärdig ut. Han blickade självsäkert ut över oss alla som nyfiket samlats på golvet. Hans ögon var små och elaka.

Familjen bestod av, förutom herr Musse, fru Musse, fyra småflickor och två halvvuxna pojkar.

Oj, oj, det var den största mus jag någonsin sett. Det här bådade inte gott.

"Tillåt mig presentera min vackra familj", fortsatte herr Musse fisförnämt. "Vi tar över här från och med nu."

Vi var chockade allihop så ingen kom sig för att säga emot. Det tolkades tydligen som att vi inte brydde oss.

Inte för att jag visste om det var sant men långt senare fick jag höra att de blivit utkastade från en av granngårdarna. De hade bland annat stulit mat av de andra mössen. De var lata och tjuvaktiga så det var inte konstigt att de blev bortjagade.

Medan inkräktarna presenterade sig föste jag snabbt som tusan in fru Must och ungarna i min gamla lya. Den behövdes inte längre eftersom jag höll på att renovera en ny bostad.

Jag hade egen familj nu och som familjeförsörjare så måste man ha gott om utrymme. Det skall gudarna veta att med nio vildhjärnor och en "virrhöna" till fru behövdes det minsann plats. Virrhöna säger jag med mycket kärlek skall ni veta. Det är ett kärleksfullt smeknamn. Hon sa det faktiskt själv en gång och sedan har det bara blivit så.

Nej, nu var det ju inte om mig själv jag skulle berätta. Det här handlar om familjen Musse. En sorglig historia må jag säga. Men de hade sig själva att skylla tycker jag … och många med mig.

Vad var det då som hände? Ja, här skall ni få höra.

Julen närmade sig med stormsteg och det märkte man först och främst på lukten. Den underbara doften av julmat. Vi älskade den allihop. De flesta var ofta uppe i huset och tittade på allt bestyr. Det var full fart i alla rum och väldigt spännande. De släpade till och med in en stor gran! Kan ni tro det? Ett träd in i huset! De där tvåbeningarna var bra konstiga. Fast det blev rätt fint när de hängt på en massa blanka kulor, glitter och ljus.

Jag och frun brukade, när barnen sov, smyga upp och klättra i granen. Det var roligt att spegla sig i de där blanka kulorna. Ibland kilade vi förbi köket och fick oss en bit. Det var väldigt romantiska äventyr det där. Men man måste vara tyst och försiktig. Det gällde att inte väcka katterna.

Ja nåväl, efter att ha sovit ut ordentligt och därefter försett sig med fru Musts matförråd beslutade sig familjen Musse att gå på upptäcktsfärd. Inte alla på en gång utan bara herr Musse och de båda ½-års-pojkarna. De satte skräck i alla de mötte. De var direkt otrevliga. Hemskt och sorgligt att se!

Efter några dagar hade de utforskat hela källaren och även stiftat bekantskap med en av katterna. Efter det mötet var de om möjligt än odrägligare. Till och med småflickorna hade sturskat upp sig. De hade hur lätt som helst lurat katten på sitt byte och trodde nu att de var oslagbara.

En gång sa herr Musse till mig, att det var tur att katterna var så dumma här på gården.

"Då får vi ett lätt liv." Herr Musse hade låtit väldigt självsäker.

Det var förresten också det enda han sa till mig på hela tiden. Usch ja, en väldigt sorglig historia.

Felet med att det gick så galet var väl delvis mitt. Jag vet inte, men kanske var det så.

Jag kunde ha varit hygglig och talat om för honom att det var en stadskatt de mött. Men ingen ville ha med dem att göra än mindre prata med dem och detsamma kände jag. Hade de inte varit så odrägliga så hade det varit en annan sak.

Kattan var på besök över julhelgen och inte alls van med musjakt. Jag tyckte faktiskt om det "fula kräket".

Hon var lite sned och vind precis som min farfars far hade varit. Ena örat pekade rakt ut och ett öga stod alltid öppet.

Familjen Musse mötte den här katten flera gånger och retade henne. Det påstods att någon av dem till och med klättrat upp på henne.

Men det låter jag vara osagt.

En tisdagsmorgon, dagen före julafton följde hela familjen efter stadskatten. De försvann uppför trapporna till människornas håla. Där hade de visst turats om att nafsa henne i svansen och springa mellan tassarna så hon snubblade gång på gång.

Det var sista gången någon såg familjen Musse.

Burr... jag ryste när jag tänkte på det. Efter vad jag hört, fast det är också bara rykten förstås, så stod huskatten och lurade på dem när de kom uppför trappan. Den hade tagit en av mössen direkt.

Stadskatten sägs ha tagit två av ungarna. Hon hade väl

fått nog av trakasserierna. Ingen vet om alla strök med.

De kom i alla fall inte tillbaka till källaren.

Ja jag säger då det. Det var en grym historia. Men

som de betedde sig fick de skylla sig själva. En mus

måste visa respekt till och med för en katt. Men också

hänsyn och viktigaste av allt, försiktighet. Det säger min

fru ofta och det är det vi lär barnen. Respekt, hänsyn

och försiktighet. Det gäller oavsett hur stor eller liten

du är. Att vara övermodig och elak kan stå en dyrt.

Fru Must och döttrarna var överlyckliga att kunna

flytta hem igen. Den goda stämningen som vi blivit så

bortskämda med i källare steg snabbt och man pratade

inte mer om den sorgliga händelsen.

Julafton kom med sång och musik från människornas hem. Jag föreslog att vi alla, även de minsta, skulle ge oss iväg och titta på spektaklet.

Det mottogs med jubel och vi ilade iväg uppför trappan i en lång rad. Ingen tilläts att gå till köket eller på golvet överhuvudtaget den dagen. Nej, vi klättrade upp på takbjälkarna där det var tryggt och säkert för alla och utsikten var perfekt. Mat fanns det gott om i källaren och vi skulle äta tillsammans allihop senare. Men först ville vi se när husfolket firade och hade vi tur kanske katterna dök upp. Det var mest för att de små behövde lära sig hur de såg ut och som en påminnelse om att vara försiktiga.

Ingen ville gå samma öde till mötes som familjen Musse!

Julafton kom och gick och stadskatten for snart tillbaka till staden. Skönt, för hon hade fått smak på musjakt. Förhoppningsvis hade hon glömt det till nästa jul.

Ordningen var nu återställd. Så ofta jag kunde berättade jag historien om familjen Musse och hur de missat julafton, för mina ungar. De blev lika rädda varje gång men det var bra för då aktade de sig kanske för att göra samma misstag.

Jo förresten, jag glömde en sak. Jag berättade inte för de andra men ni kanske vill veta!

Senare samma dag efter att det sorgliga hänt familjen Musse gick jag ut på den vanliga inspektionsrundan. Ja det var i alla fall vad jag sa till frun, men sanningen var att jag behövde samla tankarna efter det hemska som hänt. Jag kände mig ledsen. Det var så tråkigt och jag tyckte ändå synd om dem fast det varit så hemska.

Snön hade lagt ett tunt täcke i alla gångar men för mig som var så liten var det ändå kämpigt att ta sig fram. Mage och tassar var fulla av snö. Det var kallt men ändå skönt.

Medan jag gick omkring och kände mig som en snögubbe utan något egentligt mål var det något som fångade min uppmärksamhet. Det var något i snön längre bort. Jag skyndade dit. Då såg jag det.

Musspår!

Jag räknade … en, två, tre, fyra och fem. Alla ledde bort från huset och vidare till en av granngårdarna.

Jag drog en lättnande suck för det kändes ändå ganska bra tyckte jag. De flesta av den elaka familjen Musse hade ändå klarat sig. Jag antog att de förmodligen inte skulle komma tillbaka till vår källare. Hoppas de lärde sig en läxa.

Det blev en god jul trots allt.

Julhaiku

Av: Eveline Pettersson

Stjärnan i fjärran
Lyser över sjö och strand
Isen har lagt sig

Tomten är på väg
Barnen sitter i fönstren
Förväntansfulla

Snöflingor dalar
Ner på den frusna marken
Snart är julen här

Undret händer nu
Nyfödd son i en krubba
Stjärnan lyser klart

Släden glider fram
Hästens hovar lugnar sig
Bjällerklang tystnar

Tomtefar myser
Släden står klappad och klar
Renarna väntar

Tomtens dilemma

Av: Lena Hagvall-Weström

Det var midsommar och barnen hade precis påbörjat ett efterlängtat sommarlov. På ängarna sprang små bara fötter bland prunkade färggranna blommor och saftigt gräs. Det skulle pyntas till fest. Trots den tidiga morgonen var det redan varmt, men tack vare de stora trädkronorna fanns möjlighet till skugga i den nästintill obefintliga vinden. Ett stenkast bort låg sjön. Än var det för kallt att bada, fast kanske skulle någon ändå våga ta sig ett dopp. Ja tiden var för många framme för rekreation och vila.

...

Något retade honom i ögonen. Solen! Claus grep tag i täcket och drog det irriterad över huvudet. Alltid var det något som störde. Han var så trött och less på allt. Ville bara sova.

Dörren till sovrummet öppnades och en djup suck nådde hans öron. "Men snälla nån! Det är sen förmiddag och du har inte stigit upp?" Claus låtsades sova. Orkade för tillfället inte med Goodys bekymrade min och tjat. "Det är ingen idé att du låtsas sova. Jag vet mycket väl att du är vaken. Känner dig alldeles för väl gubben min."

"Låt mig sova. Kan du byta gardiner? De här sommargardinerna irriterar mig", muttrade han och knep än hårdare ihop ögonen.

"Nej verkligen inte! Vi kan väl inte ändra på årstiden bara för att du inte behagar stiga upp? Ryck upp dig! Du har så många förväntningar på dig och tiden rusar iväg."

"Ha! Det verkar inte så", muttrade han och vände sig demonstrativt in mot väggen. På nytt undslapp hon en sorgsen suck. "Jag förstår mig verkligen inte på dig", sa hon och hon lämnade rummet.

Han vände sig om och såg brickan på bordet intill sängen och skämdes en smula, men inte för mycket. Hon var snäll, hans Goody. Trots hennes tjat och gnat så kunde han alltid lita på henne. Ångorna från den varma kakaon fick det att kittla i hans gom och smörgåsen med alla goda pålägg fick saliven att rinna till. Ja han kunde nog behaga sätta sig på sängkanten och smaka en bit.

Claus svalde den sista tuggan och såg sig bedrövad omkring. Det var inte nog med att alla brev upphört att komma, han hade berättat för familjen. Han hade inte nämnt att de blivit arbetslösa och att det skulle bli en mycket sträng vinter. Vad skulle han ta sig till? Ja vad kunde han göra? Ingenting! Han hade aldrig gjort något annat. Förutom under en kort tid i sin ungdom praktiserat på Väderverket. Där hade han inte varit välkommen tillbaka då han hade ställt till å det grövsta när han skulle rengöra snömaskinen. Han hade med sina fumliga fingrar råkat trycka in fel knapp. Claus kände hur det hettade av skam under det mörkgrå skägget.

Mitt i midsommarfirandet hade han täckt halva landet med snö och hagel. Han hade tömt hela kommande vinterns lager …

Det knackade på dörren. Snabbt slängde han sig omkull i sängen och drog täcket över huvudet. Han ville inte prata med någon. Orkade inte.

Utan att invänta svar öppnades dörren och ljudet av små klampade fötter fick honom att hålla andan.

Goody harklade sig och klarade rösten. "Claus! Jag är här med Nils- Petter och Nils-Göran. De har bestämt sig för att putsa din släde och piska."

Han låg blickstilla. Kunde inte förmå sig att säga att det var onödigt jobb, att de ändå inte behövde den i år.

När han inte svarade, vände de sig om och lämnade rummet. Utan förvarning for dörren igen med en skräll.

Varför hade barnen övergett honom? Varför kom det inga brev? Var allt över? Skulle han aldrig mer få sätta på sig sin finaste rock och mössa för att bege sig ut i tjänsten? Nils-Arne hade inte hämtat den från kemtvätten än, för kroken på väggen var tom. Claus ryste vid minnet. Oturligt nog hade han krupit ner i fel ingång. Och där bodde de minsann inga snälla barn. Nej de hade täckt golvet i spisen med illaluktande sopor.

Claus grinade illa. Usch! Som han hade sett ut och som han hade luktat. Han hade blivit tvungen att vända byxorna in och ut för att kunna köra färdigt den natten.

Dagen fortsatte och familjen tycktes ha övergett honom. Det kurrade i magen men att gå upp var otänkbart. Hungern var nog som värst nu, men skulle snart gå över.

Utanför fönstret kunde han vagt urskilja dragspel, sång och skratt. Jaha … nu började festen och de små grodorna skulle snart hoppa vilt över gräsmattan, medan andra åt sill och ägg.

Åh kära någon! Som han önskade att allt hade varit som vanligt. Men utan brev … blev han ingen och skulle snart bli bortglömd. Familjen visste inget än, så de fick i lugn och ro åtminstone fira denna helg men sen …?

Hans ögon blev grumliga och han kände hur kudden blev allt blötare. Det värkte i hjärtat av sorg.

Det knackade försynt på dörren och som vanligt, utan att invänta svar kom Goody in.

"Claus! Jag vill att du stiger upp. Det är fest och alla frågar efter dig." Han knep ihop ögonen för att inte visa sitt tillstånd och grymtade något ohörbart. "Jag förstår mig inte på dig! Du brukar vara full av energi och planera inför den kommande säsongen. Vad är det som är fel? Du har inte stigit upp på över en vecka nu." Hon smekte honom över det vita håret som lockade sig yvigt runt öronen.

"Jag är så trött på alla bortskämda barn som bara förstör sina saker. De blir aldrig nöjda och vill bara ha nytt. Är så förbaskat trött på att leverera mobiltelefoner och surfplattor. Vad är det för fel på radiostyrda bilar och Barbiedockor?"

Goody såg förvånat på honom. "Så du kan prata?

"Något brast i honom och han grät som ett barn. "Såja ...såja", tröstade hon. "Visst har jag förstått att något är fel men inte brukar du väl beklaga dig över barnens önskningar."

"Jag är slut Goody", sa han desperat och mötte sorgset hennes blick. "Vi är slut ..."

"Slut? Vad menar du?"

132

Claus satt tyst en lång stund. Samlade mod inför det slutgiltiga.

"Goody … visst har du förstått att vi finns bara för trons skull`? Att när stunden är kommen och inga önskningar finns kvar … då är det slut för vår del."

"Du menar att …?" Goody skakade på huvudet.

"Varför skulle ingen önska något?"

"Det är sant Goody. Önskningarna är slut."

I samma stund knackade det på dörren. Nisse-Lisa öppnade och kikade in. "Mor … far, det har kommit ett bud från norra postkontoret."

De vände förvånat blicken mot den lilla äppelkindade flickan. "Ett bud? Då måste det vara viktigt. Jag kommer!" sa Goody och reste sig från sängen.

Claus blev ensam kvar. Så skönt det hade varit att få lätta sitt hjärta. Han reste sig från sängen och gick fram till fönstret. Nyfikenheten hade vaknat. Vem hade behagat resa så långt för lite post?

Han stirrade som förhäxad på mannen som lyfte ur den ena säcken efter den andra på marken. I samma stund hörde han ytterdörren öppnas på nedre våningen och kvicka steg snabbt ila uppför trappan.

"Claus! Kära du … varför har du inget sagt till oss? Du måste ju ha varit sjuk av oro?"

Han stod som förstenad på golvet och stirrade på sin Goody. "Vad menar du?"

"Vi har fått en sändning från det norra distriktet. Postkontoret i norr har stått obemannat. Det hade inte funnits någon vikarie att sätta in och det hade PostNord glömt bort." sa Goody ivrigt och kramade sin Claus.

"Vad säger du? Menar du …?" Han kastade en blick ut över gården och fick en tår i ögonvrån när han såg hur alla hans små nissar kämpade med att få in de stora säckarna.

Claus vilade i sin gungstol medan Goody varligt drog bort raklöddret från hans kind.

Nils-Erik vek ihop brev nummer etthundrafyrtioåtta och la till högen över de lästa medan Nils-Arne sträckte sig efter nästa.

"Här kommer ett brev från Lotta. Hon bedyrar att hon varit duktig under året och gjort alla sina läxor. Lotta lovar också att det inte varit hennes mening att fröken skulle råka sätta sig på stolen med alla häftstift. Hon kunde ju inte veta att fröken glömt sina glasögon hemma."

"Men lilla Lotta", … sa Claus och drog på smilbanden. Han brast ut i ett dundrande gapskratt så Goody så när hade skurit av hans ena örsnibb. "Jag tror bestämt att du ska belönas lite extra i år." Nissarna och Goody såg förvånat på honom. " … som ett tack för skrattet. Det var längesedan."

Hon torkade hans kinder med en handduk och han pussade henne lätt på munnen.

"Se där ja! Nu börjar redan de vackra vita silverskägget komma ut!" sa hon belåtet och log.

...

I verkstaden rådde det redan full aktivitet. Det var mycket som skulle göras men släden och piskan var redo, även den röda dräkten skulle snart komma tillbaka på kroken där den hörde hemma.

Ordningen var återställd och än fanns det barn som önskade. Vad mer kunde han önska?

Ja en riktigt god jul till oss alla.

En vanlig jul

Av: Agneta Pettersson

Dan före dopparedan
Den griljerade skinkan i ugnen
Doppet på spisen
Dags för glögg
Dekorera granen

Granen strålar i kapp med de
Gyllene strålarna från irrande tomtebloss
Gåvor och barr under granen
Ganska många

Julaftonsmorgon
Jästa saffransbullar och varm choklad
Julstrumpan full av små presenter

Klockan femton stannar Sverige
Kalle och hans vänner önskar God Jul
Kollas av alla
Karlarna somnar i soffan

Tomten kommer

Tovigt skägg och

Tjock yllerock

Tindrande ögon

Tackar för klappar

Skinka och gröt på kvällen

Sedan must och nötter

Ser Tomten är far till alla barnen

Midnattsmässa

Mamma slumrar i den

Mörka kyrkan

Mäktig sång O helga natt

Människor tackar för ännu en jul

Med samma tradition år efter år

En ovanlig jul

Av Agneta Pettersson

Insnöade

kommer ingenstans

Ingen kommer hit

Radio hela dagen

Struntar i Kalle

Radiotomten önskar God jul

Många korsord blir det

Startar bastun

Cava och 58 ljus i uterummet

Stormen ryter

Det snöar på tvären

Biff med lök

Mustigt rödvin

Skinkan ser ledsen ut

När juldagsmorgon gryr

Lugnt

Gnistrande

Ordningen återställd